宮廷愛人

Kawaiko
かわい恋

CHARADE BUNKO

Illustration

笠井あゆみ

CONTENTS

宮廷愛人

「う……、ふふ、フェレンツ……、素敵よ……。やっぱりあなたが最高……」

白粉を塗りたくった女の真っ赤な唇が、だらしなく開かれる。

フェレンツはうっとりとして見えるだろう表情を作りながら、女の首筋に口づけた。なにも考えなくても、慣れた言葉は勝手に口をついて出る。

「あなたも……、素晴らしい」

これは誰だっけ。

思いながら、腰を打ちつける。子爵夫人だったたか、貴族のふりをした使用人か。

別に誰でもいいか。

どうせ相手は正体を隠しているつもりなのだから。

幾重にもなったフリルのついたドレスを脱ぎ捨て、目もとだけを隠す仮面を身につけた女は、誰はばからぬ大きな声で喘《あえ》ぐ。

人の体の感じやすい場所なら熟知している。どのタイミングでどう動けばどんな声が出るかもわかっている。

——自分がさんざん経験してきたから。

没落貴族である両親に、十二の歳《とし》に王の愛玩具《あいがんぐ》として宮廷に売られた。両親の貴族の称号は保たれたが、自分は籍を抜かれて切り捨てられた。

体が育つまでは王専用の愛人として、以後は宮廷に出入りする男女の誰とでも寝る公然とした宮廷愛人として。

人と肌を重ねることは、食事と同じ日常的な行動だ。呼吸をするように自然に身についている。

「ああ……、あああ、フェレンツ……、あなたほど美しい男はいないわ、夫とはぜんぜん違う……！」

自分の存在価値は、ただひたすら美しくあること。求められれば誰でも平等に愛すること。

そこに心は必要ない。

仮面の女を冷めた目で見る。

誰でも同じ。男も女も、白粉と香水の匂《にお》いを振り撒《ま》いて、愛欲に耽《ふけ》ることだけを目的とした彼らの見分けがつかない。でもきっと自分も同じ。

いつも夢の中を彷徨《さまよ》っているように現実感がない。両親に売られて帰る場所すらない自分は、こんな生活がいつまで続くのだろう。どうして生きているのだろう。

みんな同じ。裏切りと駆け引きと、驕慢《きょうまん》と。同じ顔をした人形たちの住む世界。

生きる目的、とは――。

＊＊＊

「ジジ。どこ?」

木の枝がばさりと鳴って、ミハイは頭上を見上げた。

月に照らされた木から、ミハイの声に驚いたらしい鳥が飛び立っていった。眠りを邪魔してしまって申し訳なく思う。

ミハイは小さく息をついた。

自分が故郷の小国ピシュテヴァーンからこの大国ラスロの宮廷に召し上げられたときに、どうしても一緒にと懇願して連れてきた白い子猿のジジ。

好奇心旺盛な子猿は、自分と違ってすぐに探検したがり、今宵は風を入れるために開けていた窓から外へ出ていってしまったようだ。

宮殿に到着してから緊張でほとんど部屋から出ていないミハイも、ジジが心配で探しに出てきた。

慣れない他国の宮殿でジジが迷子にでもなったらどうしよう。

家族と遠く離れ異国で心細い自分には、ジジはペットであり、同時にたった一人の友人なのだ。

「ジージ。出ておいで」

庭園の鳥たちを脅かさないよう、控えめな声で子猿の名を呼ぶ。

突然、興奮した猫の鳴き声が夜闇《よやみ》を切り裂いた。続いて威嚇と攻撃的な甲高い猫の声に混じって、ジジのものと思われる「キッ、キキッ……！」という怯《おび》えた声。

「ジジッ⁉」

場所は少し離れているらしい。

焦って声のした方向に走る。その間も、猫の攻撃的な声とジジの悲鳴のような声が聞こえて耳の中がどくどくと鳴った。

庭園の植え込みが複雑な迷路のようで、行きたい場所になかなかたどりつかない。声が聞こえなくなって、泣きたいような気持ちになった。

——怪我《けが》をしていたらどうしよう……！

やっと植え込みの向こうに小さな白い影を見つけたミハイは、急いで植え込みを回った。

「ジジッ！」

振り向いたのは、短い毛を持つ白い猫だった。首にリボンを巻いた猫は、ミャオウとひと声鳴くとサッと走って逃げていってしまった。

「この子はきみのペット？」

猫が去った芝生の隣に、白い子猿を腕に抱いた男性が立っていた。

「あ……」

思わず目を奪われた。

これは——人間だろうか。

二十代半ばくらいに見える男性の、やわらかそうな黄金の髪に縁取られた神々しいほどの造形。顔の中央に真《ま》っ直《す》ぐ引かれた鼻筋を中心に、紫色の瞳《ひとみ》が完璧《かんぺき》に対称な位置で宝石のごとくきらめいている。

その華やかな色合いが映える黒いテールコートが、彫像のような美貌《びぼう》を蠱惑的《こわくてき》に引き立たせていた。一部の乱れもなくきっちりと着込んでいるのに、それがかえって妖艶《ようえん》な色香を醸し出している。

こんなに美しい人がいるなんて信じられない。童話に出てくる王子のようだ。

ミハイは掠《かす》れるのどで声を搾り出した。

「はい……。ジジを助けてくれてありがとうございます」

ジジはミハイの声を聞くと、「キッ」と小さく鳴いて振り向いた。男性の腕から飛び出すと、ミハイの腕の中に飛び込んでくる。怪我はないようだ。

「ジジ、よかった無事で」

安堵《あんど》して、震える子猿の背をやさしく撫《な》でた。

「あの猫は男爵夫人の愛猫でね。夜はよくこの辺りをうろついている。攻撃的な気性の猫だから、気をつけた方がいい」

男性の小指の外側に糸で引いたような傷ができているのが見えた。ジジを助けるときに猫に引っかかれたのだろう。

「指に怪我を。すみません」

「大丈夫。大した傷じゃない」

言いながら、男性は手首を返して傷に舌を這《は》わせた。

その仕草があまりに艶《なま》めかしくて鼓動が跳ねる。

夜の魔物のようだと思った。あまりに美しくて淫靡《いんび》で視線が吸い込まれる。目が逸《そ》らせない。

息もできないほど濃密な色香に中《あ》てられ、体が動かなくなった。

笑みと甘い香水の匂いを残した男性が去ってしまうまで、ミハイは呼吸も忘れて突っ立っていた。

数分もしてから、へなへなと芝生に座り込む。

ようやく落ち着いた子猿の首を指で撫でながら、ぽつりと呟《つぶや》いた。

「ねえジジ……。今の人……、本当に人間だったのかな……」

月の光が見せた妖魔だったのかもしれない。

名前も聞かなかった、と騒いでやまない胸を押さえながら、ミハイはやっと息をついた。

痛いほどの速さで心臓が脈打っている。

大国ラスロの宮殿の大広間は、小国の田舎《いなか》出身のミハイが見たこともないほど広くて天井が高いのに、そこに集《つど》った人々の威圧感で息苦しいほどだ。

豪奢《ごうしゃ》に着飾った貴族の男女がミハイを囲んでいる。みな鼻から上を隠すデコラティブな仮面をつけているせいで、人形が動いているようで不気味だ。しかも全員の目が自分に集中している。

密《ひそ》やかな笑みと好奇心が自分に注がれるのを感じて、手のひらに汗をかいた。

この動く人形たちの中で、ミハイ一人だけが仮面をつけていない。それはミハイが本日の見せものであるせいだ。

幼少時に体が弱かったせいで食が細く、十七という年齢よりも幼く見える痩軀《そうく》と、繊細な面立ち。薄墨を流し込んだような黒髪と赤い唇が、より子どもじみた印象を与えた。灰色がかった緑色の瞳を落ち着かなげに瞬《しばたた》かせる様は、怯えた小動物のようだ。

幼い頃から容貌だけは大層優れていると言われてきたものの、この宮殿に集う華美な貴族たちの中にあっては、自分などみすぼらしい子どもでしかないと思わされる。

ごくりと息を呑《の》む。

大勢の人間の香水の匂いが入り混じって、のどが痛くなりそうである。いけない、のどは自分の売りものなのに。

それでなくとも緊張で声が出るだろうかと不安なのに、これでは失敗してしまう。

ミハイはその繊細な外見と同じく華奢《きゃしゃ》な指を、そっとのどもとに当てた。

属国の田舎貴族の末子である自分が支配国の王に献上されたのは、外見と歌声が美しいという理由でだ。

これから王と貴族たちの前で歌を披露し、王に気に入られねばならない。不興を買えば自分の首を刎《は》ねられるだけでなく、自国の立場が危うくなる。

小刻みに震える指先を手のひらでぎゅっと握り、ミハイは王に向かって一礼した。

「ミハイと申します。お初にお目にかかります」

意匠を凝らした椅子《いす》に腰かけてこちらを見る王は、黒い羽根飾りをあしらった誰よりも力強い仮面をつけている。

無慈悲で好色であるという王の黒い瞳は、仮面の下からでもその鋭さに身が竦《すく》む。口もとには冷酷そうな笑みを湛《たた》えていた。四十代半ばの王は、男盛りの豪胆な迫力を備えた偉丈夫である。

王の残虐《ざんぎゃく》さは、十八のときに王位を得るために自分の親兄弟まで手にかけたということで知れる。誰も王には逆らえない。

王位を簒奪《さんだつ》した王は、近隣の小国を武力でもって次々に侵略し、属国として従えた。それまで穏やかな関係を保ってきた国々は、ラスロの新王によって王権を剝奪《はくだつ》され、王の息のかかった貴族を為政者として送り込まれ、支配されたのである。およそ二十年前に侵略された、ミハイの出身国であるピシュテヴァーンもそのひとつだ。

王は前王の妾腹《しょうふく》の子で、母は砂漠の属国から嫁いできた褐色の肌を持つ美姫だったという。だが白い肌の国民の中で、彼ら母子は奴隷出身も同然の目で見られた。王の母が早逝したのは、冷遇に耐えかねて自ら命を絶ったためと言われている。

だからだろうか。王は白い肌に異常な執着を見せ、徹底的に自分の支配下に置くことを好む。自分の周囲を見目のよい白肌の男女で揃《そろ》え、気に入った者を側《そば》に置いては飽きれば取り換える。

王は美しいものが好きだ。服も宮殿もきらびやかに飾り立て、夜ごと遊宴に耽っているらしい。

彼はまた歌を好み、特に若く麗しく声のよい少年少女を宮廷に呼び寄せ、宮廷歌手《カナリヤ》の称号を与えて愛《め》でるのを趣味にしている。

ミハイが王の御前に立たされたということは、少なくとも外見は王の目に適《かな》うと判断されたのだろう。

楽器はない。自分の声だけを王に聞かせることになる。

ミハイは大きく息を吸い込んだ。

歌うことは大好きだ。ものごころついたときから森で小鳥たちと歌い、母のオルガンに合わせて曲を覚えた。望みなど滅多に口にせぬミハイが唯一父に頼み込んで、専門の先生をつけて歌の訓練と勉強をさせてもらった。

歌っているだけで幸せな気持ちになれる。

故郷の光溢《あふ》れる森を、小鳥の囀《さえず》りを心に描きながら最初の一音を発した。

高く――。

透き通った声音に、仮面の下で王の目が見開かれた。

歌い始めれば、緊張も重圧も忘れ、ミハイはたちまち自分の世界に没頭していった。

細く澄んだフルートの音色のようなファルセットが、アーチ状の天井に吸い込まれていく。

たった一人の少年の歌声以外、大広間の空気を震わせるものはない。貴族たちは半ば夢うつつで歌声に耳を傾ける。

ミハイ自身が類《たぐい》まれな楽器であるかのように赤い唇から滑らかな音を零《こぼ》し、その細い肢体に似合いの繊細な声で自然への賛美を歌う。

天井に描かれた天使までもが聞き惚《ほ》れているように見えた。

触れたら壊れてしまうから、近寄ってはならない——誰の胸にも、そんな想《おも》いを抱かせる。

ミハイは顎《あご》を引いたまま薄い胸に手を当て、伏せた視線を右から左へと滑らせた。頬《ほお》に影ができるほど長いまつ毛の下で、緑の瞳が濡《ぬ》れた光を放っている。

一旦《いったん》目を瞑《つぶ》り、クライマックスの高音のために深く息を吸う。

小さな尖《とが》った顎を上げ、まぶたを開いた瞬間。

「————……、っ」

ミハイの息が止まる。

仮面をつけた人々の中にあって、一人だけ素顔を晒《さら》している男性と目が合った。

（あの人だ——！）

あれから何度も何度も思い出し、そのたびに理由のわからない胸苦しさに襲われた。彼の美しい容貌は自分の作り上げた幻ではなかったかと疑うほど、ミハイの中で神々しく不確かなものになっていった。

けれど彼はミハイの記憶よりもなお美しく、やはり艶めかしい。

仮面だらけのこの大広間では、男性が素肌を見せているような妙な錯覚に陥った。

いつの間にか王の椅子の傍《かたわ》らに立っていたその男性は、ミハイを見て美しい形の唇を横に引いた。

それだけで、ミハイの心臓は壊れそうなほど高鳴る。

おそらく男性と見つめ合っていたのはほんの数秒。けれどミハイには時が止まったように感じられた。

パンッ！

と空気を震わせる乾いた音が響き、ミハイはハッと王を見た。

「…………あ、……」

王が両手を打ち合わせたままのポーズで、厳しい視線をミハイに送る。

しまった――！

一気に冷水を浴びせられたような心地《ここち》になる。

王の御前で他の人間に見惚《みと》れて歌を中断してしまうなんて！

膝《ひざ》が震える。

血が上って煮えたぎるような頭の中とは裏腹に、指先と背筋が冷たく凍りつく。

どうしよう、謝罪せねば。跪《ひざまず》いて王に赦《ゆる》しを乞《こ》わねば。

そう思うのに、体が硬直して動かない。

あまりの恐怖に、むしろ現実感が遠のいていった。貴族たちも王の不興を買ってはならぬと、シンと静まったまま息を潜《ひそ》めている。

誰一人微動だにせず重い沈黙が垂れ込める中、麗しい黄金の髪の男性だけが、ふと腰を折った。後ろでひとつに結んだ長い髪がさらりと肩を滑って落ちる。

王の耳もとに艶《つや》やかな唇を寄せ、囁《ささや》く。

「もの慣れぬ様子が初々《ういうい》しいではありませんか、陛下。わたしがあなたさまの寵《ちょう》を受けていた頃を思い出します」

王はにやりと笑うと、男性の首筋に手のひらを這わせた。その様子がひどくエロティックで、閨事《ねやごと》の経験などないミハイでも性的なものを感じる。

「なにを言うフェレンツ。俺がいちばん愛しているのは今でもおまえだ。おまえの方が、俺を歯牙《しが》にもかけなくなったんだろう？　抱かれるより抱く方がよくなったくせに」

フェレンツ――フェレンツというのだ。

「とんでもない。お命じくださればなんなりとご奉仕いたします。わたしの主人はあなたさまお一人」

王はふん、と鼻を鳴らすと楽しげにフェレンツの頬を撫でた。

「命令で脚を開かれてもその気にはなれぬ。あの頃のおまえは愛らしかった。また俺にあんな目を向けてはみぬか。可愛《かわい》がってやるぞ」

「わたしに演技せよとおっしゃるのですか。ごっこ遊びがお好きでしたら、おつき合いいたしますが」

「本当におまえは憎らしい口を利く。俺を袖《そで》にするなどおまえだけだ。そこも気に入っているがな。見ろ、あの新しいカナリヤはおまえに見惚れて歌を忘れたぞ」

淫《みだ》らな会話を楽しんでいるような二人の視線が、ミハイを捉《とら》える。

王の羽根飾りのついた仮面に唇を寄せ、流し目のような仕草でミハイを見るフェレンツに、知らず頬が上気していく。

今にも口づけそうな距離に顔を寄せ合った二人の、淫靡な雰囲気に呑まれてしまいそうだ。情事後の気だるげな余韻に浸る恋人たちを覗《のぞ》き見してしまったようで、いたたまれなくなってきた。

「ミハイと言ったか。来い。もっと近くでおまえの声を聞かせろ」

指で招かれたミハイは弾《はじ》かれたように歩き出し、慌てて王の足もとに片膝をついた。

自分に向かって差し出された王の手をうやうやしく両手で捧《ささ》げ持ち、浅黒い手の甲に口づける。中指と薬指には王の肌に映える、赤い宝石のついた太い金の指環が嵌《は》まっていた。

王の指はそのままミハイの細い顎にかかり、上を向かせる。

「俺の趣味より少々薹《とう》が立っているが、悪くない」

情欲にぎらついた瞳に身が竦んだ。

「そう怯えるな。大抵のカナリヤは肉欲を知れば歌い方が変わってしまう。おまえには恋の歌より自然や動物を愛でる歌の方が似合いそうだ。清いままでいさせてやるから、せいぜい無垢《むく》な歌声で俺を楽しませるがいい」

王の指が、それでもどこか意味ありげな動きでミハイの下顎を撫でてから離れる。呼吸をするのも躊躇《ためら》われる緊張の中で、どっと汗をかくほど安堵した。

王が少年少女を好む性質であると聞かされていたので、それなりの覚悟はしていたつもりである。けれど人肌を知らぬミハイにはやはり恐怖でしかなかった。

いつ王の気が変わるかわからないが、しばらくは夜伽《よとぎ》をさせられることはなさそうだ。

王は自慢げな笑みを浮かべると、傍らに立つフェレンツの髪の先に指を絡ませた。

「どうだミハイ、フェレンツは美しいだろう」

「……はい、とても」

それだけ答えるのが精一杯だった。

フェレンツはどこか冷めた笑みを浮かべてミハイを見下ろしている。鮮やかな紫の瞳に見つめられると、自分があまりに貧相に思えて居心地が悪い。

理想的なバランスに恵まれた体に、テールコートがよく似合う。顔立ちも決して女性的ではない。

「こやつは漁色家《ぎょしょくか》だ。おまえも弄《もてあそ》ばれないように気をつけろ」

腐敗しただらしなさは微塵《みじん》も感じさせないが、濃厚な色香を漂わせる彼なら黙っていても女性が寄ってくるだろう。一度会っただけのミハイすら彼を忘れられなくなってしまうのだから。

王の言葉に、フェレンツは小さな笑いを漏らした。

「あなたさまに言われようとは。わたしは弁《わきま》えております、陛下。あなたさまのカナリヤに手を触れたりはいたしませんよ」

「どうだかな。昔カナリヤを犯したことがあったろう。そのせいであれは天使のような少女からつまらぬ女へ変わった。俺の気に入りだったものを」

「そうでしたか。そんなこともあったかもしれません。もう忘れましたが」

王は好色に唇を歪《ゆが》ませた。

「忘れたというか。あれほど執拗《しつよう》に罰を与えてやったのに」

フェレンツはやっと思い出したように、ああ、と目を細めた。

「あれは陛下に愛されたのだと思っておりました。言葉通り昇天寸前まで愛されて、わたしにとっても濃密で幸福な時間でした」

「本当におまえは憎らしくて愛《いと》しい。だからとうに俺好みの歳を過ぎても手放せぬのだ」

フェレンツは変わらず冷めた笑みを湛えたままだ。

この人はどういう存在なのだろう。王の愛人のようでもあるが、会話からすでに過去のことのように聞こえる。

王と軽口と言っていい会話をしていることから、きっと位の高い貴族に違いないと思った。

王は跪いたままだったミハイに、下がってよいと手振りで合図をした。

「次は失敗しないよう、のどを整えておけ。また呼ぶ」

ミハイは胸を撫で下ろすと、一礼してから王の前を辞した。

貴族たちも、ミハイの失態で王が気分を害したわけではないとわかって安心したようだ。笑い声がさざめき始め、大広間の空気が軽くなった。

とりあえず外に出たい。

服にまとわりつく強い香水の香りも緊張も、夜風に流してしまいたい。

新たなカナリヤに興味津々《しんしん》で話しかけてこようとする者もいたが、ミハイは小さな会釈で断りながら庭園に出られるバルコニーへと向かった。


庭園に設《しつら》えたガゼボに腰をかけ、首もとのボタンを外す。

もったりとした夏の空気にまとわりつかれていたが、シャツの隙間《すきま》から夜風が入り込んで少しはましになった。緊張だけかと思ったが、人酔いもしてしまっていたようだ。

無理もない。ミハイは故郷の国ピシュテヴァーンでは貴族の次男とはいえ、父は広大な土地だけが取柄の田舎貴族。農民に混じって畑を耕すのが好きという素朴な人だった。

母も自ら厨房《ちゅうぼう》に立つような女性で、体の弱いミハイのためにいつも手作りの菓子を作ってくれ、教会でボランティアをしていた。

兄は会えばミハイを猫可愛がりしてくれるものの、寄宿舎で学生時代を過ごしたあとは都で友人と事業を始め、年に数回しか帰ってこない。

厳格な祖母は病気をしてから家に籠《こ》もったままだ。

ミハイ自身も森で鳥や小動物と戯れるのが日課の、もの静かな少年である。支配国であるラスロの軍隊が父の土地を通り過ぎた折に将軍を歓待し、たまたまミハイが見初《みそ》められた。ミハイが歌を披露し、その声に聞き惚れた将軍がカナリヤとして王に仕えよと命じたのだ。属国の民が息子を差し出せと言われて断れるものではない。

両親は宮殿でのミハイの境遇を想って悲痛な顔をしていたが、ミハイは笑って「本当は宮殿生活に憧《あこが》れていたんだ」と嘘《うそ》をついた。

故郷の森を離れたくなかった。ずっと両親と暮らしたかった。歌うだけならいいけれど、他になにをさせられるかと思うと怖くてたまらなかった。

もし王に飽きられたとしても、故郷に帰れる可能性は高くない。わざわざ金をかけて属国へ帰してくれると思えないからだ。

ここで生きていかねばならない。できれば自分でピシュテヴァーンへ帰れる力と財が手に入れられるよう努力する。

ミハイにできるのはそれだけだ。

こちらに着いてまだ数日だというのに、もう望郷の念に囚《とら》われている。

父の館ではパーティーなどしょっちゅうは開かなかったし、あったとしてももっと気楽で和気あいあいとしたものだった。それでも、それしか知らなかったミハイには充分華やかに見えていたものだが。

父のパーティーで母のオルガンに合わせて歌うのは、ミハイにとっても楽しい時間だった。

宮殿に集まっていた貴族たちを思い出す。香水の匂いと、贅《ぜい》を凝らした色とりどりの服の洪水。

ミハイの目には、貴族たちは魔物の群れも同然だった。

でもその魔物の中で――。

フェレンツの飛び抜けた容貌を思い出す。

人間とは思えない印象深い美貌だった。

仮面のせいで人形のように見える人々の中で、彫像が息吹《いぶき》を持ったかのような造形でありながら、素顔の彼だけが生きた人間に感じられた。

甘く低い声すらも麗しかった。

あの声に似合うのは、やはり恋の歌なのだろうか。王でさえ彼を甘やかしているように見えた。

――もの慣れぬ様子が初々しいではありませんか、陛下。

王は明らかに怒っていた。けれど、彼の言葉で心を和らげたのだ。

「あ……」

ミハイの失態をとりなしてくれたのだと今更気づいた。とたん、深い感謝と憧憬《どうけい》に包まれる。また助けてもらってしまった。

どうしよう、次に会えたらお礼を言わなければ。

美しい上にやさしいなんてと、心が温かくなった。あんな人もいるのだ。

行き場のない心細さの渦中で、生まれたばかりの雛《ひな》が親鳥を見つけたように、無条件に信頼が生まれてくる。

フェレンツの艶のある視線を思い出すと、だんだん頬が熱くなってきた。息苦しい気がして、シャツの胸もとをぎゅっと摑《つか》む。

頭の中からフェレンツの相貌が離れないでいる。

また会いたい。今度は話もしてみたい。

会ったばかりの人に、どうしてこんな——。

ミハイの人生の中で初めてで、この気持ちがなんなのか考えてもわからなかった。

「のど、渇いたな……」

ふう、と息をついて立ち上がった。

しばらく休んでいたら、人酔いが落ち着いてきた。やっぱり自分はきらびやかなところより静かな場所が好きだ。

庭園は庭師の手が入って美しく整えられていて、緑の匂いや虫の音が心地よい。故郷の森を思い出す。

飲みものを取りに行きたかったが、あの仮面の団体にまた入り込むかと思うと気が進まない。大広間を出るときにもらってくればよかった。あのときはとにかく外に出たくて、そんなことまで気が回らなかった。

部屋には水差しがある。それまで我慢しよう。

到着して間もないミハイはまだ自分に与えられた部屋の場所くらいしかわからない。せっかくだから少し庭園を散歩してから部屋に戻ろうと思った。今までは不安の塊で、到底部屋の外に出る気にならなかったから。

空にはまばゆい丸い月が雲に隠されもせずに輝いている。美しい庭園を歩くにはうってつけの夜だ。

ゆっくりと庭園を歩いていると、ときおり植え込みや茂みの陰から人の気配がした。

やはり夜風で涼んでいるのだろうと、邪魔をしないように足音を殺して違う方角に足を向ける。

そんなことを繰り返し、きれいに刈り込まれた植え込みの近くを通ったとき。

「——……っ、ぅ……」

誰かが苦しんでいるような声が聞こえた。

どきん、と胸が鳴る。

まさか具合の悪い人がいるのだろうか。こんな場所で倒れていたりしたら、朝まで見つけてもらえないかもしれない。

助けが必要なら自分でも役に立つかもしれないと思い、そっと植え込みの向こうを覗いてみる。

「……っ！」

自分が見たものがなにか一瞬わからず、声を上げるところだった。思わず両手で口を覆う。

月光に照り映える真っ白な長いものが、大蛇のように見えたのだ。

それがめくり上げたスカートから伸びる女性の脚だと気づいたのは、仮面をつけたまま絡み合う男女がこちらを見たときだった。

白蛇のような脚は男性の腰をかき抱《いだ》くように回されており、男性のボトムの前は寛《くつろ》げられてぴったりと女性の脚の間に収まっている。

「ご……、ごめんなさい……！」

一瞬で赤く染まった顔を背け、ミハイは別方向に向かって小走りに逃げ出した。

びっくりした。こんなところで愛し合っている恋人たちがいるなんて！

頬が熱い。

手のひらの汗を握りしめながら歩いていると、あちらこちらの茂みから感じる人の気配が、どれも密やかな吐息を伴っているのにやっと気づく。

「そんな……」

気づいてしまえば、恐怖に似たものが背筋を駆け下りた。

この庭園は、恋人たちが戯れる場所なのだ。

ますます頬が熱くなった。

誰の目に触れるかもわからないこんな場所で、そんな淫らなことが当たり前に行われているなんて信じられない。

怖い。早く部屋に戻ろう。ここは自分には不似合いだ。

淫猥《いんわい》な空気から逃れるように早足で歩く。

人の気配を感じると方向を変えていたため、途中で道がわからなくなった。でも構わない。またあんな光景を見ないで済むのなら、道に迷ってもいい。

宮殿の敷地は広い。貴族や使用人の住む館も点在していて、うっかりすると馬で移動しなければならない距離になる。館そのものですら大きくて複雑で、ともすれば館の中で迷子になっても不思議はないほどだ。

ひたすら歩いていると、やがて薔薇《ばら》を植えた一角にたどりついた。

薔薇の匂いを嗅《か》ぐと少しだけ気が弛《ゆる》んだ。母が薔薇が好きで、故郷の館では美しい薔薇を育てていたから、ミハイにとっては馴染《なじ》み深い香りである。

人心地がついてやっとゆっくり歩けるようになった。

同時に、故郷に帰りたい気持ちがぶわっと湧《わ》き上がって泣きたくなる。

(泣いてはだめだ)

余計に辛《つら》くなるから。

涙がなんの助けにもならないことなんかわかっている。故郷を離れるとき、国のため、両親のために強く生きると決めたのだ。

どれだけ心細かろうが、自分はここにいるしかない。

目を閉じて深く薔薇の香りを吸い込むと落ち着いてきた。

ここでの暮らしだってきっと悪いばかりじゃない。大好きな歌は、望めば好きなだけ歌えるだろう。歌っていればいいだけなんて、むしろ最高だと思おう。慣れれば友人もできるだろうし、フェレンツのようなやさしい人もいる。

(フェレンツ……)

思い出すと、瞳が潤むような気持ちになった。

また会えるだろうか。

彼が大貴族だったらそうそう機会はないかもしれないが、王のお側に上がっていればいつかは会えるに違いない。

あの人間離れした美しい姿をときおりでも見られたら。そして助けてくれたお礼を言えたら。

当面はそれを励みに頑張ろう。

ささやかでも目標ができれば前向きになれる。

希望を持つと足が軽くなった。

王はカナリヤをことのほか手厚く扱っており、宮殿の敷地から出なければ、あとは好きに過ごして構わないと言われている。

もちろん王に呼ばれればすぐに参上しなくてはならないが、仕事もせず自由にしていていいというのだ。属国から連れてこられた身分としては破格の待遇である。

とはいえ緊張の連続だったミハイは、これまで部屋からほとんど出なかった。

食事は部屋に運んでくれるし、備えつけの浴室に部屋つきのメイドまでいる厚遇ぶりだ。

王がいかにカナリヤという存在を寵愛しているかがわかる。

カナリヤはみな二十歳《はたち》に満たぬ少年少女だと聞く。中には変声期前の幼い子どももいるらしい。

カナリヤの命は短い。王好みの外見を持ち、抜きん出てよい声を持つ年若い者。カナリヤのその後は——自分はよく知らない。

貴族に下賜されてそこで歌手を務める者もいれば、美しい外見を買われて妻にと求められることもあるという。

カナリヤという称号がどれほどのものか、自分には縁がないと思っていたミハイは知ろうとすることさえなかった。そういう存在がいると聞いたことがある程度だった。まさか自分がカナリヤになるなんて。

王に拝謁した今ですら夢の中にいるようだ。

この美しい庭園も夢のよう。

薔薇の生け垣を越えると水を湛えたカナールが横切っていて、豊かな水を溢れさせる噴水に繋《つな》がっているのが見えた。

月光にきらめく噴水の水を触ってみたくて、カナールに沿って歩いていく。

噴水はミハイの背よりも高く、近くに寄れば見上げるほどだった。

だから気づかなかったのだ。反対側に人が立っていることに。

ゆっくりと噴水の周囲を歩いて回ったミハイは、月の光よりもなおまぶしい金色の髪にどきりとした。

斜め後ろから見た姿は、先ほど王の隣に立っていたフェレンツだった。仮面をつけていないことでも彼と知れる。

（こんなところで会えるなんて！）

ミハイの顔にパッと笑みが浮かぶ。

さっきの礼を言おうと近づいていき、横顔を見て足を止めた。

ぼんやりと地面に視線を落とすフェレンツは、なにも見ていないように思えた。なにもかもを諦《あきら》めているような、虚《うつ》ろな空気が漂っている。空っぽの人形のようだ。

どうしてこんな表情をしているんだろう。

放っておいたら動きを止めてしまいそうで、彼のことを知らないなりに、声をかけねばと思った。

こんなにきれいな月を見上げたら、なにか感じないだろうか。薔薇の芳香に気づいたら、心慰められないだろうか。

「フェレンツ卿《きょう》」

フェレンツはミハイに顔を向けると、すぐに大広間にいたときと同じ、大人の余裕を持った笑みを浮かべる。さっきの表情は見間違いだったのかと思うほど、鮮やかなほほ笑みだった。

「きみは……、ミハイ、だったかな」

「はい」

名前を覚えてもらえていた。

たったそれだけで心が弾んだ。

「敬称はいらないよ。わたしは貴族ではないから」

そう言われて戸惑った。

身なりも立派で、王にだってあんな口の利き方をするのに、貴族ではないというのか。

「フェレンツで構わない、ミハイ」

敬称なしで呼ぶことに少しだけ逡《しゅん》巡《じゅん》したが、相手がそう言うのだから従おう。頑《かたく》なに礼儀を貫こうとするのも逆に失礼に当たる。

「ではフェレンツ。先ほどはありがとうございました」

「先ほどとは？」

「王の御前で助けてもらいました。その……、緊張して、歌が続かなくなったときに……」

あなたに見惚れて、とはさすがに言えない。

フェレンツはわずかに顎を上げ、ゆったりとした笑みを浮かべたままなんでもないことのように言った。

「では礼にキスをもらおう」

ぱ、とミハイの顔が赤くなる。

「からかってるんですか」

それには答えず、フェレンツの顔が近づいてくる。

まさか本当に？

動揺して顎を引いた。

恋愛経験のない自分は、身内や知人相手の挨拶《あいさつ》程度のキスしか知らない。それも頬か額にである。貞操観念に保守的な両親のもと、女性に目を向けることもなく暮らしてきた。

なのにフェレンツの動きは明らかに唇に向かってくる。

「え……、ま、待ってくださ……」

あまりにも華麗な紫の瞳に臆《おく》して、足が硬直した。動けない。

やや顔を傾けながら距離を縮めてくる彫刻のような美貌の目が細まり、薄く唇が開く。

心臓がうるさく胸を叩《たた》いている。

「ミハイ……」

唇に熱を感じる刹那《せつな》、平静さを失って思わずフェレンツの胸を突き飛ばした。

「だめです……！」

はずみで後ろ向きにふらつき、噴水の縁に躓《つまず》く。

「あ、わわ……っ！」

「ミハイ！」

ミハイの腕を引っ張ってくれようとしたフェレンツの手さえとっさに振り払ってしまい、なみなみと水を湛えた噴水に背中から倒れ込んだ。

ばしゃん！

と盛大な水音を立てて、頭から水に潜《もぐ》ってしまう。冷たい水が目に沁《し》みる。

ゆらゆらと揺れる水を通して、光の欠片《かけら》の集合体になった月が見えた。きらきらと輝いて、こんな状態なのに「きれいだ」と、目を奪われた。

溺《おぼ》れる間もなく、フェレンツの力強い腕がミハイを水から引き上げる。

「大丈夫かっ？」

急に水から空気に触れた眼球が痛んで目を瞬いたミハイの目もとを、温かい指でこすってくれる。

造りもののような顔立ちに焦りの表情が浮かんでいるのが、とても人間臭く見えた。こんな表情もするのだ。やっと人間らしい彼を見た気がする。

水に落ちた衝撃で、不安や辛さが今この瞬間は吹き飛んでしまった。ついびしょ濡れのまま笑ってしまい、フェレンツは形のいい眉《まゆ》を顰《ひそ》めた。

「痛むところは？」

頭でも打ったと心配させたかもしれない。

「大丈夫です」

彼の肩越しに見える月は、当然のことながら水を通して見たときよりくっきりとした形を持っている。けれど濡れた自分の視界にはまだ輪郭が滲《にじ》んで見えて、夢のようだ。

はふ、と息をついて、目を細めた。

「月が、きれいですね」

フェレンツはわずかに瞠目《どうもく》してミハイを見つめ――。

やがてくつくつと笑い出した。

「なにを……、きみは……、のんきだな。濡れて気持ちが悪いだろう。早く部屋に戻って着換えるといい」

「あ、すみません。あなたの服も濡れてしまって」

水に沈んだミハイほどではないが、抱き上げたフェレンツの服も濡れてしまっている。

「わたしは構わないよ。どうせ脱ぐものだ。なんなら今ここで二人とも脱いでしまおうか」

フェレンツの声が色を含む。

それが情事の誘いだとは、経験のないミハイには気づく由《よし》もない。

「じゃあ一緒に噴水で水浴びしますか。もう濡れてしまったし、なんなら裾《すそ》だけめくって足を浸すだけでも気持ちいいと思いますよ」

フェレンツはまた目を見開き、そして毒気を抜かれたように苦笑した。

「きみは噴水で水浴びをしたりするのか」

「故郷の町では子どもたちとよく噴水で涼みました」

母の教会ボランティアの手伝いで町に出ると、ミハイも子どもたちの相手をして一緒に遊んだ。

「きみは貴族の子息じゃないのか。ここの貴族たちは誰もそんなことはしない」

「貴族といっても田舎者ですから」

幼い頃は体が弱かったが、自然の中で遊ぶうちに少しずつ丈夫になっていった。自分にとっては当たり前だったが、一般的には貴族の振る舞いとは言えないだろう。意識したことはなかったが、あらためて指摘されると恥ずかしくなった。

「まさか川で泳いだり、木登りも？」

粗野と蔑《さげす》まれるかと思ったが、嘘をつくことはミハイの性に合わない。

「……はい」

「まるで猿の子だ。あの子猿の兄なんじゃないか」

くすくすと笑うフェレンツは、馬鹿にしているというより楽しげに見えてホッとした。

「夏の夜の水浴びも悪くないが、わたしは肌を見ると触れたくなる性質でね。きみにその気がないなら、誘いには乗らないでおこう」

そこまで言われてやっと、王がフェレンツを漁色家だと言ったことを思い出した。

「え……と……、そういうつもりは……」

真っ赤になって口ごもるミハイの頬に、フェレンツは掠めるようなキスをした。

心臓が跳ねて、慌ててフェレンツから距離を取る。

「おやすみ、ミハイ。風邪《かぜ》を引く前に部屋に帰りなさい」

歩き始めたフェレンツの背中に、思わず声をかけた。

「待ってください！」

フェレンツは足を止め、優雅に振り返る。

「あの……、あの……、何度も助けていただいてる上に、図々しいお願いなんですが……」

「きみからのお願いとは嬉《うれ》しいね。なんなりと」

まるでレディに対するような言葉がさらりと出てくるのは、彼の癖なのだろうか。

色気のしたたる視線に背中がむずむずとして気恥ずかしかったが、思いきって口にした。

「み、道に迷ってしまいました……。館まで案内してもらえませんか……」

今度こそフェレンツは噴き出して、声を出して笑い始めた。


館は広く、ミハイが知っている出入り口からでないと自分の部屋の位置もわからない有様だったので、フェレンツはミハイの部屋まで案内してくれた。

カナリヤは専用のフロアを持っているので、敷地に詳しい者ならすぐにわかるという。

「こんなところまで送っていただいてありがとうございました」

扉の前で頭を下げる。

こういう場合、送ってもらった礼に部屋でお茶でもと誘うべきなのだろうか。しかしあまりにも遅い時間で、それも躊躇われる。だが貴族たちの行動時間は明らかにミハイの故郷とは違う。彼らにとっては昼間も同然の時間かもしれない。

ミハイを水から抱き起こしてくれたフェレンツも濡れてしまっている。部屋に帰って着換えてもらうべきとは思うが、ではさようならと言うのも素っ気ない気がする。

宮廷の生活に疎い自分は、こんな些細《ささい》なことでも戸惑ってしまう。ここは思いきって聞いてみるしかない。

「無知で申し訳ありませんフェレンツ、教えていただきたいのですが。こういうときは部屋に寄っていってくださいと言うべきなのでしょうか」

フェレンツはまた楽しげに目を細めた。

「きみが礼をしたいと思ってくれるなら」

やっぱりそうなのだ。聞いてよかった。

「もちろんです。では、どうぞフェレンツ」

中に入ると、ジジが「キキッ」と嬉しそうに鳴いてミハイを出迎えた。次いで、フェレンツに気づいて喜んでくるくる回る。

「ジジ、あなたを歓迎しているみたいですね」

頭のいい子猿はフェレンツに助けてもらったことを覚えているようだ。ぴょんぴょんと跳ねてきて、フェレンツの肩に駆け登った。

「ジジはレディなんだね。白い毛がとても素敵だ」

雌《めす》の子猿にまでそんな世辞がすらりと出るあたり、ミハイからすると感心してしまう。

部屋はベッドルームとリビング、バスルームの他にキッチンと食堂が備えられており、茶が欲しいときはそこでメイドが淹《い》れてくれる。何時であってもベルを鳴らせばメイドはやってくることになっているが、こんな時間に呼び出すのは忍びない。

「お湯を沸かしてきます。かけて待っていてください。あ、タオルを持ってきますね」

着換えがあればいいのだろうが、フェレンツの体に合うサイズの服がない。

「それよりきみが浴室で温まっておいで。ずぶ濡れのままでは風邪を引いてしまう。使用人に言ってバスタブに湯を運ばせるといい」

「こんな時間ですから、使用人に迷惑になります」

フェレンツは首を傾けた。

「それが使用人の仕事だろう。迷惑もなにもない」

「彼らも人間ですから、起こされたら迷惑だと思います。ぼくの都合で睡眠を邪魔するのは申し訳ないです」

フェレンツは不思議そうにミハイを見つめた。

どうしてそんな顔をされるのかわからない。

故郷の館でも執事や一部の使用人はいつでも主人のために動けるよう控えていたが、父もよほど急用でない限り夜中に使用人を呼びつけるようなことはなかった。

「そんなことを言う子は初めてだ。ではせめてガウンに着換えてきなさい。わたしは大して濡れていないから、気にしなくていい」

「はい。じゃあお言葉に甘えて」

ホッとしてバスルームに向かう。実は下着までびしょ濡れで気持ち悪かったのだ。

ひんやりとしたバスルームのタイルの上で濡れた服を脱ぎ落とし、ガウンを纏《まと》う。服は洗濯用の籠《かご》に入れておけば朝メイドが持っていってくれる。

しゃがんで服を拾い上げたところで、背後からやわらかく抱きしめられた。

「わ……っ?」

驚いて首だけで振り向くと、フェレンツの唇にぶつかりそうになった。

「フェ……、フェレンツ……?」

突然のことに動揺してしまう。

「寒くはないかい。温めてあげようか」

ああ、と思った。

ミハイが風邪を引かないかと心配して体を包んでくれたのだ。わかってしまえば、彼のやさしさに嬉しくなった。

「ありがとうございます。大丈夫です、夏ですから。本当に親切なんですね、あなたは」

素直に感謝を口にすると、フェレンツはしばらく黙ったあと、肩を震わせて笑いだした。

「なにかおかしなことを言いましたか」

「いや……、すまない。きみといると調子が狂う。今夜は帰ることにするよ。一緒にいると自分が道化にでもなった気分だ」

「え！　す、すみません！　ぼく、失礼なことをしたでしょうか」

馬鹿にしたつもりなどないので慌ててしまった。

けれどなにか彼が道化にされたと感じることを言ってしまったに違いない。

「なにもないよ。本当に、きみみたいな子は初めてだ。カナリヤなんて世慣れた子が多いのに。自分がまだこんなふうに笑えることに驚いたよ、ありがとう」

「？」

言われた意味はわからないが、帰るというフェレンツを引きとめられないまま、扉まで見送った。

扉を開けて出ていきかけたフェレンツは足を止めると、振り向いて艶やかな笑みを浮かべた。

「可愛いミハイ。言っておくが、簡単に男を部屋の中に入れるものじゃない。肌を許すつもりがないならね。わたしも引いてあげられるのはここまでだ。次はないと思っておきなさい」

ミハイの頬が赤らむ。

その言葉で、またしても自分は情事の誘いに気づかず間の抜けた応対をしていたのだと気づいた。どれだけ鈍いのだと、フェレンツも呆《あき》れただろう。

けれど自分は色事とは無縁の生活をしていたのだから仕方がないではないか。そういう対象として見られたこともない。

「そ……、あの……」

真っ赤になって口ごもるミハイに艶美な笑みを残し、フェレンツは「おやすみ」と言って去っていった。

残されたミハイは、今更ながら背中に残るフェレンツの体温がよみがえってきて、どきどきが止まらなかった。

とても一人分とは思えない量の食事を前に、ミハイは途方に暮れた気持ちでいた。

部屋つきのメイドが並べてくれる料理は朝から手の込んだ前菜やスープに始まり、魚や肉は豪勢に丸々一匹使って調理されているものが多い。

ワゴンいっぱいに乗せられたデザートも、どれも少女なら目を輝かせて頬張りそうな可愛らしいものばかりだが、朝からこれでは胃がおかしくなってしまいそうだ。

できるだけたくさん食べようと努力してはみるが、もともと食が細いミハイは、ともすればメインの料理にたどりつかないうちにカトラリーを置いてしまう。

食べきれなくてもったいないからこんなにいらないです、と初日に言ってみたが、その後も変わることはなかった。

朝はサラダとパンとお茶があればそれでいい。

そんなミハイに、メイドは慇懃《いんぎん》ではあるが冷たい態度で接した。

彼女にしてみれば、ミハイは属国から連れてこられた奴隷も同然の少年。たまたま見栄《みば》えと声がいいだけで、王に飽きられたら捨てられる運命の小鳥なのである。

仕方なく仕えているけれど、心の中で蔑んでいるのは人の感情の機微に疎いミハイにもすぐにわかった。ミハイが堂々としておらず、控えめな態度を取るから余計に軽んじられるのだろうが。

「キィッ」

ジジがメイドに向かって牙《きば》を剝《む》く。ジジは彼女が嫌いらしい。

メイドは一瞬怯えたような表情をしたが、

「ジジ、やめて」

ミハイがジジを宥《なだ》めると、すぐにつんと顎を上げた。彼女にとっては汚らしい動物にすぎないのがわかる。

おそらくミハイが残したらすべて廃棄されるだろう料理を、罪悪感に苛《さいな》まれながら口に運ぶ。少しずつ取り分けてはジジにも与えた。

王が絶対の権力を握っているこの国は、王と一部の貴族に富が集中し、貧富の差が広がっている。

貴族が大臣を併任しているため、政治に介入して国の金を使い込み、贅沢三昧《ぜいたくざんまい》の生活をしている裏で国民は怒りに震えている。実際、圧政から来る反乱が各地で勃発《ぼっぱつ》していた。

非道で残虐で淫蕩《いんとう》な王。戦《いくさ》に出れば先陣を切って敵の首を狩りに行くその姿は、死神王と囁かれている。

ラスロより、むしろ王の直接の支配を離れている属国の方が、ゆったりとしている節もある。ミハイの祖国ピシュテヴァーンも豊かとは言えないが、民は食うに困らず、故郷のような田舎ともなれば羊のようにのんびりとした暮らしができた。

だからこんな贅沢な環境に戸惑ってしまう。

ミハイは軍隊に連れられてここまで来たので、投宿する場所場所で王への捧げものとして丁重に扱われた。

けれど移動中の馬車から覗く村や町の光景には、小さな胸を痛めるほどの貧しくみじめな部分がいくらでもあった。

痩《や》せこけて目ばかりが大きな子どもたちや、どれくらい洗っていないかわからない色褪《いろあ》せた衣服に身を包んで道端にひれ伏す農民たち。

彼らにこの料理を分けてやりたい。いや、こんなものを大量に作って捨てるために、彼らから搾取しないで欲しい。

自分にできることなどなにもないと思いながら料理を口に運ぶのは、ミハイには苦痛でしかなかった。

それでも食べて体調を整えておかねばならない。自分の失態は祖国の失態。ミハイが王の機嫌を損ねれば、祖国に辛く当たられることも充分考えられる。

裏を返せば、ミハイが気に入られれば、国が取り立てられて恩恵を受けることもあり得るのだ。

立ち回りの下手な自分は積極的に王の機嫌を取るよう動くことはできないが、少なくとも不興を買うことだけは避けなければならない。

髪や肌を荒れさせないために睡眠を充分取り、いつ王に呼び出されてもいいよう身だしなみを整え、鏡の前で笑顔の練習をし、楽譜を読んで新しい歌を覚える。

のどにつかえる心地でいながら、ミハイは必死に咀嚼《そしやく》した料理を飲み込んだ。


貴族たちは夜通し遊興しているので、彼らが動きだすのは大抵午後遅くからである。

ミハイはパーティーよりも、私室や外で少人数の前の方がのびのび美しく歌うと判断されたのか、ティータイムに数度呼ばれた程度だった。おかげで故郷にいたときと同じように朝起きて夜眠る生活を送れる。

だから緊張もほぐれてきて、より美しい囀りを王に聞かせるようになった。

宮殿の敷地は広大だが、ミハイはあまり色々な場所に出歩くことを好まず、薔薇園で過ごすことが多い。

薔薇の香りに包まれると安心する。

夜には恋人たちが淫らな行為に耽っている庭園も、さすがに朝のきらきらと輝いた光の下では、清涼な顔を見せていた。

早朝にここで歌の練習をするのが好きだ。毎朝ジジを伴ってやってきている。

建物からもだいぶ離れているし、大きな声を出しても迷惑にならないだろう。

きっとカナリヤのすることを咎《とが》める者はいないのだろうけれど、ミハイは目立つのも人に迷惑をかけるのも好まない。

噴水が見えると、あの夜が思い出されてどきりとした。

月よりも美麗なフェレンツの姿。あの人に抱きしめられたのだと思うと、それだけで体が熱くなる。あの夜から何度も思い出しては、そのたびに心臓がうるさく鳴った。

また彼がそこに座っているのではと、かすかな期待をしてしまう自分はどうかしている。だって、こんな早い時間に彼がいるわけはないのだ。

気持ちを落ち着けると、いつものように軽く発声をして、気に入りの森の動物たちが遊ぶ童謡を歌い始めた。王に聞かせる類のものではなく、あくまで自分の楽しみのための歌だ。目を閉じて、情景をまぶたの裏に描きながら歌う。愛くるしい子リスや、慌て者の子熊などを思い浮かべると歌いながら笑みが浮かぶ。

ミハイの歌に合わせて踊るジジが可愛くて、つい一緒にステップを踏み始めた。故郷では子どもたちが踊るダンスだが、誰も見ていないのだから構わない。

くるりと回ったところで、ジジがキィッと鳴いた。驚いて足を止めると、いきなり誰かに手首を掴まれて抱き寄せられた。手で口を塞《ふさ》がれ、頬に冷たいものがぴたりと当たる。

「騒ぐな」

大きな男の腕の中に抱き竦められ、短剣でぴたぴたと頬を叩かれた。

「自慢ののどをかき切られたくなかったら、声を出すなよ」

生臭い息遣いで、男が囁く。

飛びつこうとしたジジに男が短剣を振ると、ジジは驚いて飛《と》び退《すさ》った。

「おい、猿をどけろ。殺すぞ」

男がわずかにミハイの口を覆った手を弛める。男の手の下から、ミハイは震える声でジジを遠ざけた。

「ジジ、いい子だから。部屋に戻って」

それでもウロウロと心配げに歩き回るジジに、男は足もとの石を蹴《け》りつけて脅す。石は白い毛を掠め、ジジは短く鳴くとくるりと背を向けて逃げていった。

とりあえずジジが逃げてくれただけでもよかった。

頸動脈《けいどうみやく》の近くに短剣を当てられたまま男に肩を押され、茂みの奥まで歩かされる。完全に周囲から見えない位置まで来たときに、突き飛ばされて地面に転がった。

「あう……っ！」

腰の上に馬乗りに跨《また》がられ、口に丸めた布を突っ込まれる。

「んん、ぐ……、う……」

あっという間に両手首をまとめて頭上に縛りつけられ、身動きが取れなくなった。

男は目もとを隠す仮面をつけているが、身なりから判断するに貴族ではなさそうだ。単純に顔を覚えられないためだろう。

「おまえ、カナリヤだってのに王の手がついてないんだってなぁ。へへ、色っぽく鳴けるように、俺が男の味教えてやるよ。もっとも、もう王の前に出られないようにあとで少しばかり顔に傷つけさせてもらうけどな」

ゾッとした。

男は短剣を草むらの上に置くと、ミハイのシャツに手をかけて左右に引き裂いた。肌の色とほとんど変わらない小さな尖りが空気に晒される。

恐怖でつんと勃《た》ち上がったそれを、男の指が無遠慮につまんだ。

「……っ、ぃ……！」

痛い！

薄紅に変わったそれを、男の滑《ぬめ》った舌が撫で上げる。気味悪さにわなないた。

「へっ、震えちまって可愛いなぁ。そんなんじゃ頼まれなくてもひどくしたくなっちまうだろ」

頼まれなくても……？

男の言葉が引っかかった。誰かに頼まれてミハイを襲っている？

「あー、やっぱ声聞かねえと盛り上がらねえよな。なにしろカナリヤの喘ぎ声ってのはたまんねえからよぅ。そこらの娼婦とは比べ物にならねえくらいおっ勃っちまう」

この男は他にもカナリヤを犯しているのか。

それともまさか、カナリヤの誰かに頼まれて……。

おそろしい想像に脳まで凍りついた。

王の寵愛の深いカナリヤを犯して回るなんて考えられない。しかもミハイに傷をつけてカナリヤから引きずり下ろそうとしている。

息を荒らげた男は、いやらしい形に唇を歪ませた。

仮面から覗く目がぎらぎらと血走っている。

「少しは気持ちよくしてやるから、その可愛い顔できるだけ歪ませろよ。声出さねえんだから、それくらい楽しませろ」

親指で乳首をぴんと弾かれ、思わずのけ反る。

爪の先でぐりぐりと押し込められて、首を左右に振って身悶《みもだ》えた。

男は執拗にミハイの乳首を弄《いじ》る。刺激を与えられるたび、びくんびくんと細い肢体を波打たせた。

額に汗が滲み、気味悪さで涙が瞳を曇らせ始めた。

「ほおら、血の色みてえだなぁ。あんたの真っ白な肌によく映えるぜ」

小さな粒は、雪の中に落ちた赤い花のように痛々しく胸を彩っている。

男はごくりと生唾《なまつば》を飲むと、体から湯気を出しそうなほど汗ばみ、獣のような臭気を発散させた。

「しゃぶらせられないのが残念だな……」

男の両手がボトムにかかる。

こめかみを汗が伝う。

このまま汚《けが》されてしまうのか。

ボトムのボタンを外されたとき。

「キキキキーーーッ……！」

鋭い鳴き声と共に、ミハイの頭を跳び越えたジジが男の手に噛《か》みついた。

「つぅ……っ！」

男が慌てて手を振ってジジを振り放すが、子猿の小さな爪がきれいに三本の線を引いて手の甲を引っかいた。続けて、ゴッッ！　と鈍い音がして、馬乗りになっていた男が真横に吹き飛ぶ。

男はもんどりうって転げたが、慌てて体勢を整えると、草の上に置いた短剣を摑もうとする。だが男とミハイの間に素早く割り込んだ何者かの方が早かった。

白くけぶる視界に映った人物は男の顎を蹴り飛ばすと、短剣を拾って構えた。刃物を奪われた男は不利と悟ったか、舌打ちをひとつ残すと茂みの中に逃げ込んでいった。

「大丈夫か、ミハイ」

（フェレンツ……？）

ぼんやりと見上げた男は、フェレンツだった。どうしてここに。

フェレンツはミハイの口中に詰められていた布を引き出し、短剣で手首を縛《いまし》めていた紐《ひも》を切ると、破れたシャツの前を掻き合わせて抱き起こしてくれる。

フェレンツの腕に包まれると、安心すると同時に、恐怖が襲ってきた。

助かった――。

「あ……」

ぽろりと涙が零れる。

今更ながら、体が瘧《おこり》のように震えてきた。

初めて味わう、見知らぬ男の体温、息遣い。性的な動きをする湿った手に、吐き気しか覚えなかった。

「ミハイ」

やさしく声をかけられると、どっと安堵が溢れてフェレンツにしがみついた。

「こわ……、こわかった……、フェレンツ……！」

「大丈夫。もう大丈夫だ」

髪に、まなじりに、そっと口づけられ、温かい感触に強《こわ》ばった体が解《ほど》けていく。大丈夫、大丈夫と何度も声をかけ、背中をさすられるたびに落ち着いていった。

ジジも心配そうにミハイの脚にしがみつく。抱き上げて胸に閉じ込めると、温《ぬく》もりとやわらかな白い毛が愛しくてさらに涙が溢れた。こんな小さな体で助けに来てくれたのだ。

「ジジ……」

まつ毛が当たりそうな位置に、フェレンツの美しい容貌がある。

フェレンツの唇はまなじりからまぶた、頬をなぞっていく。唇がふと頬から離れると、間近でフェレンツと視線が絡んだ。

とくんとくんと揺れる心臓の音が、フェレンツに聞こえそうだと思った。

紫の瞳がすっと細まる。

熱を孕《はら》んだ視線がゆっくりとミハイの唇に移動する。薄く開いてしまっている唇を閉じた方がいいか迷って、でも意識していると思われるのは恥ずかしくて、ただ震えてしまった。

ミハイを宥めるためのキスが、唇にも触れようとしているのがわかる。

怖いのか恥ずかしいのか、嬉しいのか嫌なのか、混乱してわからなくなっているうちに唇が近づき――――互いの唇が触れ合いそうになった瞬間、ぎゅっと目を閉じた。

「………、？」

唇に体温を感じるほど近くまで寄せられたフェレンツのそれは、数秒ののち触れることなく離れていった。

ミハイがまつ毛を上げると、紫の瞳はすいと横に逸らされた。

おそらく無意識に口づけを期待するもの欲しげな目をしてしまったのだろう。恋人でもあるまいにと己を恥じた。

恥ずかしくなって下を向くと、ジジのつぶらな黒い瞳がミハイを見上げている。きゅ、と抱きしめて小さな頭に唇を寄せた。

ミハイに縋《すが》りつくジジの手に心が休まる。自分を必要としてくれる存在がいる。今回は助けてもらったけれど、自分もジジを守ってあげたい。

フェレンツもジジの頭をそっと指先で撫でたとき、鈴を振るような声が割り込んだ。

「怖い思いをしたばかりのところ急《せ》かすのは気の毒だけど、部屋に戻った方がいいよ」

ぎょっとして振り向くと、淡い金色の髪をした線の細い少年がこちらを見下ろしていた。

少年――？

少女が男装しているのかも、と疑った。

肩口で切り揃えられた淡い金髪が、白い頬を縁取っている。空を切り取ったような鮮やかなブルーの瞳。

十代前半だろうか。少女と紛う顔立ちはまだ大人として完成されていない。成長途中の年代特有の魅力が、彼を妖精のように見せていた。

華奢な体を、やわらかそうな白いシャツとぴったりした黒いパンツで包んでいる。驚くほど細い腰が、年齢にそぐわず艶めかしい。

こんなときだというのに、思わず視線を吸い込まれた。少年はミハイを安心させるように笑いかける。その笑顔の愛らしいこと！

薔薇の花びらのような少年の唇が開く。

「ぼくはレヴェンテ。レヴィって呼んで。ミハイ、だよね」

外見の印象より、ずっと落ち着いて大人びた話し方だった。なぜか年長と接しているような気になる。

「はい……」

どうして自分を知っているのかという疑問が顔に出たようだ。レヴィは子猫のように首を傾げて、人懐こい笑みを浮かべた。

「きみのことは気になってたから。緑の目が珍しくてすごくきれい。ミハイはピシュテヴァーン出身だよね。ぼくもなんだ」

ミハイの名は、ピシュテヴァーン独特の発音である。

思いがけず同国人に出会えて、ミハイの心に小さな光が差す。この宮殿にピシュテヴァーン人は滅多にいない。

「毎朝あの噴水のところで懐かしいピシュテヴァーンの歌が聞こえるから、こっそり隠れて聞いてたんだ。フェレンツと一緒にね」

「え」

フェレンツを見ると、金色の長いまつ毛をかすかに伏せた。

「わたしはきみの声が聞きたかっただけだ」

この美しい少年と一緒にと聞いて胸が騒いだが、それよりもミハイの声を聞きたかったと言われて小さな喜びの炎がポッと灯《とも》った。

「今日は歌が急に途絶えたからどうしたのかと思ったら、その子猿ちゃんがぼくたちを呼びに来て」

レヴィは屈《かが》み込むと、ジジの顎の下を華奢な指でくすぐった。ジジは嬉しそうに目を細める。

「頭のいい子猿ちゃんだよね。おかげですぐにきみを見つけられた。無事でよかった」

そうだったのだ。ジジが助けを呼んでくれた。

「ありがとう、ジジ」

ジジはミハイの首に縋りついて「コ、コ」と上機嫌な声を出した。親愛の表現だ。

「あの、レヴィもカナリヤなんですか？」

年若く美しいから、そうなのかと思って聞いてみた。

「違うよ。ぼくは歌は上手くないもの。ベッドの中では、たぶんきみより上手に歌えると思うけど」

「え……」

レヴィはくすくす笑うと、フェレンツに意味ありげな視線を送った。

フェレンツはなんでもないことのように言う。

「レヴィは一年前から小夜啼鳥《ナイチンゲール》をしている。王の褥《しとね》で甘い声で啼《な》く」

それは……。

ミハイの頬がみるみる赤くなる。

王の夜の相手をしているということか。まだこんな幼いのに！

戸惑ってなにも言えずに視線をうつろわせたミハイに、レヴィはいたずらっぽく笑った。

「可愛いね、ミハイって。こんな照れ屋さんだったら、陛下もそのままにしておきたくなるはずだよね」

こんな年下の愛らしい子にまで子ども扱いされるくらい、自分はもの知らずなのだと情けなくなる。

「でも気をつけて。陛下は純潔を散らすのも大好きだから。ミハイみたいな子は、陛下にとって初々しいのが魅力なんだよ。奪われでもしたらとたんに興味を失われる。それがたとえ陛下自身の手によってであってもね」

理不尽な話だと思うが、納得はできる。

そしてあらためて、先ほどの男に純潔を奪われそうだったことにおそろしくなった。

自分自身を抱きしめて震え始めたミハイを見て、レヴィは笑みを消した。

「その格好じゃ、警備兵に見られたときに言い訳が難しくなる。王に妙な疑いを持たれないよう、早く部屋に戻った方がいい」

不安が胸に渦を巻いた。

王の不興を買うことは身の破滅と同時に祖国を危険に晒す行為である。たとえ冤罪《えんざい》であろうと、疑いを持たれてはならない。

「フェレンツはミハイを送っていって」

フェレンツは頷《うなず》くと、自分の着ていたテールコートのジャケットを脱いでミハイに着せかけた。

そしてやっと気づく。

レヴィはシャツに黒いパンツという軽装で、朝部屋から出てきたのがわかるが、フェレンツは夜の盛装のままだ。ということは、夜明かしして部屋に帰っていないのだ。

気づいてしまえば、テールコートにはフェレンツ以外の香水の匂いも移っている。初めて王に拝謁したあのパーティーの夜を想い出し、胸が塞がれる心地がした。

きっとあの中の貴族の誰かと一緒にいたのだろう。

なにをしていたのかと思うと、もやもやとした黒いものが腹の奥に湧いてきた。

彼が誰となにをしていようと、自分にどうこう思う権利などないのに。

部屋に戻ると、フェレンツは破れたミハイのシャツを処分してくれた。

メイドに見つかるのは怖いからありがたい。メイドには今日は部屋に戻らないから食事はいらないと書いた紙を、メイド部屋のドアに挟んでおいた。これで彼女は明日の朝食までミハイの部屋に近づかないはずである。彼女は呼ばれなければミハイの顔を見たがらないから。

まだ朝なので眠いわけではないが、昂《たかぶ》った神経を鎮めるためにベッドに横になった。ジジも緊張して疲れたのか、キャビネットの上に設えたバスケットの中で丸くなってウトウトし始める。

ベッドに腰かけたフェレンツが、ゆっくりと額の髪を梳《す》き上げてくれるのが心地いい。

「もう落ち着いたか。わたしはそろそろ行くよ」

自室ではあるものの、取り残されると思うと不安に駆られた。

視線で縋ってしまったのだろう。フェレンツは目を眇《すが》めると、ミハイの顔の横に両手をついて囲うようにした。長い髪がさらりと落ちてミハイの頰をくすぐる。

「男にそんな目をしてはいけない。次はないと言ったろう」

心臓がどくりと鳴った。先ほどの男の手の感触がよみがえって体が震えた。

ミハイの怯えを感じ取ったらしいフェレンツの瞳が、切なげに揺れる。しばらく目を合わせたあと、フェレンツはどこか悲しげに笑った。

「冗談だよ。傷ついたきみをどうこうしようとは思わない。今回は数に入れないでおこう」

ほ、と息をついた。

フェレンツはベッドから離れると、壁際に置いた寝椅子に移動した。

「ここにいるから、安心して休むといい」

安心してというのは、一人にしないという意味だろうか。それとも、ミハイに触れない距離にいるからという意味だろうか。

どちらもなのだろうと思うと、申し訳なくなった。自分のわがままでここにいてもらっている。

「すみません……、ぼく、助けてもらってばかりですね」

なんの礼もしていない。できることなどほとんどないけれど。

フェレンツはゆったりと笑うと、肘《ひじ》かけに肘を乗せて頬杖《ほおづえ》をついた。そんなポーズが絵画のように様になっている。

「気になるなら……、そうだな、礼代わりに子守歌を歌ってくれないか」

「子守歌？」

「あまりよく眠れないんだ」

言われてみれば、目の下にわずかに影が差している。それすらも色艶《いろやつ》れのようで、彼の凄《せい》絶《ぜつ》な色香を強調しているにすぎないが。

こんな時間に子守歌とは思うが、彼は本来なら眠っている時間帯なのだ。適切なのかもしれない。

「ぼくの歌でよければ喜んで」

歌うためにベッドを下りて、ナイトテーブルの引き出しから紙包みの小さな菓子を取り出す。

フェレンツのところまで歩いていって手渡した。

「これは？」

「祖母の手作りのヌガーです。もうそれしか残っていないんですが。甘いものを取るとよく眠れますよ。子どもの頃は眠る前にひと粒もらっていたんです」

祖母がミハイの出立の前に作って持たせてくれた。気難しく厳しい祖母の愛情を感じて、涙が出るほど嬉しかった。

大事に少しずつ食べていたが、この数粒を残すきりだ。

フェレンツは手のひらに乗った小さな紙包みを、初めて見る不思議なものを見る目で見つめた。

「高級なお菓子でなくて申し訳ないんですけど」

「いや……、ありがとう。いただくよ」

薄い紙を開くと、砂糖と水飴《みずあめ》を煮詰めた素朴な菓子が現れる。

フェレンツが口に入れるのを待って、ミハイは母が眠る子に聞かせるようなささやかな音量で子守歌を口ずさみ始めた。

胸に抱いた愛し子を見つめる母の歌だ。

あなたの未来が幸福に包まれますように、ずっと笑って過ごせますように。

ひたすら小さな命を喜び、幸せを願う歌詞とやさしい旋律。

ジジがミハイのところに来たばかりのときもよく歌ってあげた。怯えるジジが初めてミハイの指を握ってくれたときに、この歌と一つになって声に魂が宿った。この小さな手を守りたいと、母のような気持ちになったものである。

だからミハイにとっても大事な、心のこもる歌だ。歌っていると、ミハイの気持ちも穏やかに凪《な》いでいく。

フェレンツはゆっくりと口の中で菓子を舐《な》め溶かしながら、目を閉じて子守歌を聞いている。

「きみの声は温かいね……。子守歌を歌ってもらうのは初めてなんだ」

安心したような息をつくフェレンツを抱きしめたくなった。

誰でも幼い頃に母親に、もしくは乳母《うば》に歌ってもらうものだと思っていた。

見つめていると、フェレンツが薄くまぶたを上げた。あまりに縋るような瞳に、思わず歌が止まる。どうしてそんなに不安げな、寂しそうな目をするんだろう。

一歩、近づいた。

手を伸ばし、金色の髪に触れる直前で止める。触れていいものか迷い、それでも避ける仕草のないフェレンツの頭を、そっと撫でた。

「おやすみなさい、フェレンツ。いい夢を」

フェレンツは口もとをかすかに弛ませると、再び目を閉じた。

「そんな言葉をもらったのも初めてだ。そんなふうに撫でてもらうのも」

きゅ、と胸が苦しくなった。

彼はいつからここにいるんだろう。家族は、恋人は。彼を安らげてあげられる存在はいないのだろうか。

もっと彼のことを知りたいと思った。

ミハイはゆっくりと歌を再開する。

いい夢が見られるように。心配も不安も、眠っている間は感じずに済むように。

いつしかフェレンツは心地よさげな寝息を立て始めた。彼の眠りに寄り添うように、ミハイも目を閉じて静かに歌い続ける。

やさしい歌で包み込むつもりで、歌った。

起きたときは、もうフェレンツの姿はなかった。フェレンツにかけてあげたブランケットはきれいにたたまれて寝椅子の上に置いてある。

フェレンツが眠ってしまってから、ミハイもベッドに横になった。子守歌を歌ったことで自分もリラックスして、すぐに眠りに落ちていった。

うとうとしているだけのつもりだったが、気づけばもう昼だ。部屋を見回したが、ジジがいない。

「ジジ」

家具の陰に隠れていないかと、テーブルの下やカーテンの裏を覗く。

また外へ行ってしまったかと窓を見たとき、ちょうど開いた窓から入ってくるジジが見えた。手になにか持っている。

「それは？」

ジジが赤い絹の小袋をミハイに手渡す。

開けてみると、中からエメラルドをあしらったカフリンクスと、折りたたんだ紙が出てきた。

紙を開くと流麗な文字で、

『お菓子と歌をありがとう。きみの瞳の色と同じだと思って』

という短い文面と、下にフェレンツのサインがあった。

「フェレンツ……」

カフリンクスを持ったまま困惑した。こんな高価なものはもらえない。そもそも菓子も歌もミハイが助けてもらった礼なのだ。

フェレンツの部屋を訪ねて返したいが、眠っているかもしれない。そもそも場所がわからない。メイドに聞くのも、なにが目的だと訝《いぶか》られそうではばかられる。ジジに案内してもらうには、自分も木を伝わねばならないだろう。不可能である。

仕方なくミハイも紙とペンを取った。

礼の言葉と、気持ちはありがたく受け取るが、カフリンクスは高価すぎるので次に会ったら返したいこと。もしも望んでくれるなら、いつでもフェレンツのために歌う気持ちがあること。

「いい子だね、ジジ。これをフェレンツのところに届けられる？」

折りたたんだ紙をジジに渡す。カフリンクスを持たせて途中で失《な》くすといけないから、それは自分が返すつもりだ。

「そうだ」

引き出しから、ラベンダーを乾燥させて詰めたサシェを取り出す。

宮殿の庭園には色々なハーブが植えられていて、ミハイはそれらを摘《つ》んできてはハーブティーにしたり、こうして香りを楽しんだりしている。

ラベンダーは安眠を誘う。

「これも渡して。帰ってきたらお菓子をあげるからね」

ジジは小さく鳴くと、器用に袋を持ったまま窓を飛び出していった。

ほどなく戻ってきたジジの首には、ピンクのリボンが巻かれていた。フェレンツからの手紙には、

『わたしたちの可愛い友人に』

とあった。

思わずほほ笑んでしまう。これくらいの礼なら気軽に受け取れる。

「よかったね、ジジ。似合ってるよ、可愛い」

ジジはくりんと首を傾げた。ミハイはくすくす笑ってジジの額を指先で撫でる。

フェレンツの文字を見ていたら、とても幸せな気持ちに包まれた。

それから、フェレンツとミハイのジジを介した文通が始まった。

文面は本当に短くて、フェレンツからは『おはよう』だけだったり、ミハイも『きれいな花が咲きました』程度のものばかりだ。

それでも楽しくて待ち遠しくて、一日一、二通だけれど、ジジが手紙を運んでくるたび飛び上がって喜んだ。

大事に引き出しにしまった手紙を取り出しては、美しい文字を眺めると心が浮き立つ。増えていく手紙に幸せを感じながら、次はいつ会えるだろうと考えるとわくわくした。少しずつ彼が身近に感じられるようになる。

あの日以来、フェレンツに会えないでいた。

もともと自分たちは生活の時間帯が違う。自分は日中に動き回り、フェレンツは夜目覚める。夜ごと王のパーティーに参加する彼は、暗くなってから動きだすのだ。

また暴漢に襲われないとも限らないので、早朝の練習には出かけていない。それは館に戻ってくるときにフェレンツにも再三注意されたことだ。

「会いたいな……」

会ってなにをしようというわけではない。ただ、顔が見たいと思った。

あの瞳を、ミハイの名を呼ぶ甘い声を、反芻《はんすう》すると胸が締めつけられる。会いたい気持ちは日ごと夜ごと膨れ上がった。たった一週間ほどで、いても立ってもいられなくなる。

けれど会いたいなどと言ったら鬱陶《うっとう》しいと思われそうで、手紙に書けなかった。

「ジジはいいね、いつもフェレンツに会えて」

ジジはきょとんとした目で、ミハイがあげた木の実を齧《かじ》っている。ジジまでうらやましく思うなんて、心の貧しい自分に呆れる。

ぼんやりと机の上を眺めていて、赤い袋に目を留めた。フェレンツに返すつもりでいたカフリンクスだ。

そうだ、これを返さなければ。

ぱあっと目の前が明るくなった気がした。今となっては、フェレンツに会う口実のように感じられて気が引けるが、どちらにしろ返そうと思っていたのだ。

急いで手紙を書いてジジに持たせた。ジジは二人の間の往復を楽しんでいるようで、すぐに持っていってくれる。

ジジが持って帰ってきた返事は、今夜パーティーに行く前にこちらに寄るというものだった。

心臓が早鐘を打つ。フェレンツに会える。

思わず手紙に口づけてしまって、自分の行動にうろたえた。

なにをしているんだ。これではまるで――。

「恋でもしてるみたいじゃないか……」

口に出したら、顔が真っ赤になった。

ジジに不思議そうに見上げられて、いたたまれなくなる。顔を冷やすために洗面所に向かった。


月が夜空を照らす時間になって、フェレンツはミハイの部屋にやってきた。部屋の中に男を簡単に入れてはいけないと言ったフェレンツの言葉に従って、二人で館の外のガゼボに向かい合って腰をかける。

「お返しするのが遅くなってすみません」

およそ一週間ぶりに見るフェレンツは、やはり圧倒的な美しさでミハイの心を締めつける。特に月の下で見る彼は、この世の生きものと思えない。精霊のように人を魅了するほほ笑みを浮かべている。

「きみは欲がないな」

フェレンツはカフリンクスを受け取ると、自分のシャツの袖につけた。

「今夜はこれをきみだと思って一緒に連れていこう」

心臓がとくとくと揺れる。

このまま一緒にいたい。

でもそんなことは口に出せなくて、ただフェレンツの輝くばかりの容貌を見つめた。カフリンクスをつけ終えたフェレンツが顔を上げる。

「わたしの顔になにか？」

「いえ……、ただ……」

見惚れていたなどと言えるわけがない。

彼の背後で笑っているような形の月を見上げる。

「月が……、きれいですね」

フェレンツは愛しげに目を細めた。

「噴水に落ちたときもきみはそう言っていた」

そういえば。

フェレンツはふと笑みを解く。

「きみはきれいだね」

なにを言われたのかわからなかった。フェレンツのような美しい人に。

「太陽の匂いがする」

フェレンツは再び艶麗な笑みを浮かべて立ち上がった。

「また手紙を楽しみにしているよ」

そう言い置いたフェレンツの姿が消えてしまうまで、身動きもできずに見送った。

寂しくて、胸が苦しくて部屋に駆け戻る。

ベッドに突っ伏したミハイをジジが心配して寄り添ってくるのを、大丈夫だよとなんとか笑って頭を撫でた。

落ち着きたくてハーブティーを淹れるが、ちっとも気持ちが休まらない。

熊のように部屋を歩き回り、何度も椅子に座っては立ち上がった。

胸を掻き毟《むし》るような思いでベッドに寝転がる。

数時間も悶々《もんもん》としていても、ちっとも眠気が訪れない。

会いたい。

会いたい、会いたい、会いたい。

夜の庭園に行けば会えるかもしれない。

パーティーには、呼ばれない限り顔を出すのは躊躇われる。けれど庭園なら。

ミハイが初めて王に拝謁した夜も、彼は噴水のところで一人佇《たたず》んでいた。会える可能性はまったくないわけではない。

庭園自体も、本来なら明るい時間の方が危なくなさそうなものだが、ここに限っては夜の方が人が多いから安心である。それがたとえ、恋人たちが触れ合う場であろうと。

二度と他人の情事の現場に遭遇したくないという気持ちより、フェレンツに会いたい気持ちの方が勝った。

フェレンツに会いたい。

ただそれだけの気持ちを持って、ミハイは月が照らす広い庭園に飛び出した。


彼がいるとすれば、やはりあの噴水のところではないか。

そんな、妙に確信に近い気持ちを持って庭園を歩いた。

すでに慣れた道に迷うこともない。

ときおり人の気配を感じては回り道をしたが、じきに目的の噴水にたどりついた。

噴水の裏側で息を整える。願をかけて目を瞑り、深く息を吸い込んだ。

(ここにいる。フェレンツはきっとここにいる)

自分に催眠をかけるように言い聞かせ、目を開いた。この噴水を回れば、反対に彼がいるはずだ。

緊張しながら、ゆっくりと歩を進める。

本当はわかっている。こんなことは思い込みで、いるはずなんてない。

すぐにがっかりすることは目に見えていても、わずかな間だけでも信じたいのだ。

一歩、一歩と進むごとに噴水の縁のカーブが先まで見える。

（この先に――）

自分の目が信じられず、足を止めた。

月光に輝く金色の髪。斜め後ろから見ても仮面をつけていないその姿。噴水の縁に腰をかけ、足もとに目線を落としている。

――フェレンツ……！

もはや運命だとさえ思った。

足早に近づいていき、ささやかな声で話しかけても聞こえるだろう距離に来た瞬間に気づいた。

フェレンツの脚の間に、少年が蹲《うずくま》っている。

「……？」

泣いているのかと思ったのだ。少年はフェレンツの広げた脚の間に顔を埋《うず》め、嗚咽《おえつ》しているようだったから。

「……っ、ふ、……ん、……く、……ぅ、ん……っ」

さらりとした黒髪を持つ少年の頭が前後に揺れている。

噴水とは違う水音が二人の間で立つ。

少年が大きく口を開き、なにかを咥《くわ》え込んでいるのが見えた。まさか……。

「え……」

あまりの衝撃で足が動かなかった。

まさか、体のあんな部分を口に含んでいるなんて！

厳格な祖母と清廉な両親に育てられ、数少ない友人とも異性や恋の話などほとんどしたことのないミハイには、こんな行為は知識にない。

男女が子どもを作るのに性器を繫《つな》げるのだということも、去年のクリスマスに遊びに来た従兄《いとこ》がなにも知らないミハイを面白がって教えてくれた程度である。

それだって天地が引っくり返るくらいの衝撃を受けた。しばらくは不潔な気がして両親のことすらまともに見られなかったくらいだ。自慰という行為も知識だけはあるが、背徳的に思えてろくにしたことはない。

王に体を捧げる覚悟だって、それこそ崖《がけ》から飛び降りるくらいのつもりでしていた。でもこんな、神をも恐れぬ異常な行為まであるなんて信じられない！

小さな声を上げてしまったミハイを、ゆっくりと振り向いたフェレンツが認める。

硬直したミハイを見て一瞬だけ目を見開き、どこか諦めを感じる笑みを浮かべた。こんなことをしながらする表情とは思えない。

だがその顔はやはり変わらず見惚れるほどに美しい。爛《ただ》れた色など微塵も感じさせない宝石のような紫の瞳に心が吸い込まれていく。

見てはいけない、と本能的に思った。

これは魔物の美だ。

人をたぶらかす魔性の化身に心を奪われる前に逃げなければ。

そう思うのに足が動かない。目も逸らせない。

少年はミハイに気づかず、熱心に奉仕を続ける。のど奥深くまで雄《おす》を呑み込み、ずるると唇で扱《しご》きながら取り出す。

目だけを隠す小さな仮面をつけた少年の面差しがどことなく自分に似ているように見えて、腹の底が熱くなった。少年の髪型と色がまたミハイと酷似しているので、余計にそう思える。

だんだん自分が愛撫《あいぶ》しているような錯覚に陥ってきた。

フェレンツに見つめられると体の芯《しん》が熱くなってくる。裸体を見透かされているような視線に羞恥《しゅうち》で肌が粟立《あわだ》つ。

服の下で陰部が張りを強くしていくのがわかって戸惑った。

そんなミハイの反応を見透かしたようにフェレンツの目が細まる。

——きみも欲情しているんだろう?

そうとでも言っているような目だった。フェレンツの視線がゆっくりとミハイの顔から胸を通り、腰へ落ちて止まる。

そこを見つめられると——。

「……、ぁ……っ」

むくり、と音がしそうなほど激しく陰茎が頭をもたげた。

手で隠すのもかえって意識しているようで恥ずかしい。こんなふうに視線で撫でられるような感覚は初めてだ。

頬が上気する。震える吐息が熱い。

フェレンツの唇が薄く開き、珊瑚色《さんごいろ》の舌先が上唇をなぞる。

「あっ……！」

その仕草に、本当に舌で陰茎の先端をなぞられたような気持ちになって、じわりと蜜《みつ》が滲んだ。

こんな感覚は知らない。

内腿《うちもも》をすり合わせたくてたまらない下腹部のむず痒《がゆ》さ。発熱したように肌の表面が熱くて、脚から力が抜けていく。

フェレンツは唇を開いたかと思うと、濡れた舌を下から上に弾くように動かし、なにかを咥えるようにした。

ミハイは思わずシャツを両手でぎゅっと摑む。

彼が今咥えたのは、妄想のミハイ自身だ。フェレンツは視線をミハイのそこに据えたまま、覗かせた舌と唇を卑猥に動かしてみせる。

「や……」

口で犯されている。

肉茎がじんじんと痺《しび》れて、なにかがまとわりついて蠢《うごめ》いているような気分になる。

仮面の少年に奉仕をさせながら、フェレンツが愛撫しているのはミハイなのだ。まるで三人で淫らなことをしているようで、羞恥と背徳感で視界が熱く曇ってきた。

呼吸が苦しい。

は……、は……、と浅い呼吸を繰り返す。

フェレンツの口がいやらしい形に窄《すぼ》まるたび、そこがきゅっと絞られる気になる。下穿《したば》きの中でぴくんぴくんと雄芯が動く。

奥まで呑み込んだようなうっとりとした表情をされると、もう耐えられなかった。これ以上されたら触れられてもいないのに出てしまう！

「も……、やめ……！」

膝ががくがくして、噴水の縁に手をついた。

とたん、布地でこすられた雄芯に電流のような快感が走る。

「あ……っ！」

脚の間に濡れた感触が広がっていくのを、呆然としながら感じていた。

少年はやっとミハイに気づき、フェレンツの脚の間から顔を上げる。ミハイと視線が合う

と、仮面の下から鋭く睨《にら》みつけた。フェレンツの意識が少年に向いていなかったことを悟って、憎々しげに唇を歪めてみせる。

口と目を開いたままの自分は、どれほど呆《ほう》けた表情をしているだろう。

快感の露を漏らしてしまったことを、フェレンツには知られてしまったに違いない。

少年はすっくと立ち上がると、フェレンツの顔を両手で挟み、強引に口づけた。

見せつけるようにフェレンツと口づけを交わす。

「……――っ！」

ミハイの瞳が大きく見開かれる。

フェレンツは嫌じゃないのだろうか。

たった今まで自分自身を含んでいた口とキスをするなんて。

いや、恋人なら受け入れられるのか？　あんな……食物を摂取するための器官を使うような、神に背く倒錯的な愛し合い方までしているのだから。

少年はフェレンツの首に腕を回して抱きつき、唇にむしゃぶりついた。

フェレンツも抵抗なく迎え入れ、舌を絡ませる水音がミハイの耳に響く。少年はシャツを引きちぎるようにして性急にボタンを外し、薄紅色の尖りを晒した。

自らフェレンツの手を取って、触って欲しいとばかりに胸に導く。フェレンツの指が尖りをひねると、少年から高い声が上がった。

その声に、ミハイはやっと我に返る。

みっともないほど震える足で踵《きびす》を返し、愛欲の現場から逃げ出した。

「ん……、フェレンツ……、ほしい……」

少年の鼻にかかった甘え声が背後から聞こえたが、振り向かなかった。

息を切らしながら庭園を走る。他にも体を寄せ合う男女——ときには男性同士を目の端に捉えながら、涙が滲んできた。

ここは本当に現実の世界なのか。この宮殿では誰もが大っぴらに淫らな行為をしている。あのフェレンツさえも。

異世界に足を踏み入れたような感覚に混乱した。

なんだったのだ、自分に向けられていたフェレンツのあの言葉や態度は。からかわれていただけだったのだ、恋人がいるくせに。

当たり前じゃないか。きらびやかな貴族に慣れた彼から見て、自分にどんな魅力がある。

少しばかりからかわれて、浮かれてその気になって、勝手に惹《ひ》かれただけ。

夢であってくれればいいと切に願う。

でもこれが夢ではないことを、悲しくも知っている——。

部屋に飛び込んで、がたがたと震えた。

汚れた下着を脱ぎ捨て、バスタブに水を溜《た》めてごしごしと体を洗う。湯を溜めてもらうまでなんて待てない。一刻も早く、フェレンツの視線を、いやらしい情事の残滓《ざんし》を洗い流してしまいたかった。いや、こんな恥ずかしいことメイドには知られたくない。

こすってもこすっても汚れが取れない気がして、やがてバスタブに蹲ったまま嗚咽した。冷たい水が体温を奪っていく。このまま冷たくなってしまえたらいいのに。

少年とフェレンツの情事の光景を思い出すと胸を掻き毟りたくなる。あんな行為、自分には到底できない。

恋人。きっとあの少年が、フェレンツの恋人。

恋人がいるくせに、どうしてミハイをからかったのだ。彼曰《いわ》く、もの慣れぬ様子が面白かったからか。

思い返してみれば、少年はミハイに似ていた。フェレンツは恋人に似たミハイで遊んでみたかっただけだったのだろう。

親切にしてくれたのも、きっと恋人に似ていたから——。

叫びだしたかった。

苦しくて苦しくて、涙が止まらない。

立てた両膝の間に顔を埋めて、肩を震わせ続けた。

やさしい人だと思ったのに――。

きゅ、と唇を噛んだ。

そのとき、部屋の扉をノックする音がした。

「…………」

メイドなら声をかけてくるはずだ。

返事をせずにいると、ノックは断続的に何回も続いた。まるで部屋にいることはわかっていると言いたげに。

まさか……。

バスタブからよろめき出て、ガウンを羽織って浴室を出る。

ノックが続く扉を見つめていると、ノブが回された。

(しまった、鍵《かぎ》をかけていない――!)

動揺のあまり、部屋に入ったときに鍵をかけ忘れた。

扉がゆっくりと開く。

現れたのは、想像通りフェレンツだった。ミハイの目が大きく見開かれる。

「なん……、で……」

フェレンツは悲しげな笑みを浮かべ、部屋に足を踏み入れた。

「来ないで！」

フェレンツはぴたりと足を止める。

「ミハイ……」

いつもと変わらぬ甘い声。

なんなのだ。なにをしに来た。

「恋人を……、放っておいていいんですか……」

言いながら、胸が張り裂けそうなほど痛む。

「恋人？」

フェレンツはガラスのような瞳をしたまま、空虚な笑みを唇に乗せた。

「……、抱き合っていたでしょう。あの、噴水のところで」

性器を口に含ませるような、信じられないほど卑俗なことをさせていたくせに。

薄すぎも厚すぎもしない、この造形にぴたりと嵌まった唇が開く。

「恋人なんていないよ。どうして貴族たちが仮面をつけていると思う。身分と素顔を隠し、決まった相手とではなく、毎夜違う人間と戯れるためだ」

信じられない内容に愕然とした。

「もっとも、目だけ隠していても正体なんか見え見えだけれどね。そういう約束ごとだ。様式美というのかな。みんな誰が誰か知らないふりを楽しんでいる」

言葉が出なかった。

庭園にいるのはみな恋人同士ではなく、一夜限りの遊び相手だというのか。

では……、では、フェレンツが少年にさせていたあんな淫らなことも、ただの遊び……？

ここは自分の理解を超えた魔窟《まくつ》なのだと、あらためて思い知らされて慄然とした。

「昼は貞淑な伯爵夫人を演じていても、夜は年下の子爵を衝立《ついたて》の向こうに引っ張り込む淫婦になれる。それこそ温室の陰で庭師を咥え込むのも自由だ」

内容はおそろしく不道徳なことなのに、フェレンツの声を聞くと体の芯からぞくぞくと痺れが走る。

「じゃあ……、どうして、あなたは……、仮面をつけていないんですか……」

喘ぐように尋ねると、フェレンツは唇を横に引いた。

ほの暗い色香が溢れ出る。

「わたしだけは誰と戯れてもはばかる必要はない。みんなの愛人だからだ」

言葉の意味がわからなかった。

フェレンツは熱を感じさせない、けれどひどく情欲をそそる瞳でミハイを捉えた。針で縫いとめられた虫のように動けなくなる。

「ミハイ……、また子守歌が聞きたい」

背筋が凍りついた。

笑んだ形のまま、ガラス玉のような瞳のフェレンツが近づいてくる。

「いつでも歌ってくれると手紙に書いてあったね。……眠らせてくれ」

彼が何者かわからない。なにを考えているのかわからない。ミハイを弄んで楽しんでいるのか。

恐怖と怒りと混乱で、自分に伸ばされた手を弾き飛ばした。

「触らないで！」

フェレンツはねじの切れた人形のように止まった。

「出ていってください！」

時間が止まったように、フェレンツは動きを止めた。

やがてゆっくりと、淫猥に笑みを深める。

「あの子はきみに似ていただろう？　だから誘ったんだ」

傷のように左右に引かれた赤い唇が、信じられないことを告げる。

「きみを抱いているつもりであの子を抱こうと思った。そうしたら本物のきみが来た。本物のきみは……思ったよりずっと純情で感じやすかった。とても可愛いと思ったよ」

では彼は、ミハイにさせているつもりであの少年を弄んだのだ。

恋人でもないのに、あんなことを。

ミハイの心が冷えていく。

行為自体は同意だとしても、相手を他の人間に見立てるのはあまりにも不誠実だ。事実あの少年はミハイに怒りの目を向けた。

快楽に流されて逐情してしまった自分を厭悪《えんお》する。それでは貴族たちとなんら変わらないではないか。

「出ていって！」

強引にフェレンツの体を押しやり、扉から外に叩き出す。

扉を閉め、ずるずると床にしゃがみ込んだ。

怖い。これ以上、彼に関《かか》わってはいけない――。

午後の光が溢れるパティオに呼び出され、ミハイは緊張しながら王の側近の後ろを歩いてついていった。

宮殿の外の広大な庭園と違い、パティオは王専用の中庭である。ここへ呼ばれるのは初めてだ。四方を建物に囲まれ、外敵が侵入できない作りになっている。王はここで寛ぐことが多いらしい。

側近が退出して、ミハイは一人、王が来るのを待つことになった。嫌でも緊張が高まる。時間ができると、ついフェレンツのことを考えて苦しくなってしまう。極力フェレンツのことを考えないようにしているのに、気づけば思い出してしまっているのだ。

どうしてなんだろう。苦しくなるから思い出したくないのに。

それでも彼は目立つ。視界に入ればつい目が向いてしまう。

ときおり見かけるフェレンツはいつも違う男女を連れており、それを見るとミハイの胸が鋭く軋《きし》んだ。

そのたび目を背けるが、宮殿でも有名な彼のうわさは自然に耳に入ってくる。

宮廷愛人――。

その名称を知ったときは驚いた。

自分も宮廷歌手《カナリヤ》として王に召し上げられたが、まさか愛人という職業まで公然と存在しているとは。

もともと少年時代に王の夜伽を務める小夜啼鳥《ナイチンゲール》としてやってきたフェレンツは、その美貌から体が育っても王が手放したがらず、そのまま宮殿に残ったという。

王の庇護《ひご》によって自由に色を売ることを許された、この国で唯一の宮廷愛人。

だからこその奔放さなのだ。

彼自身もみんなの愛人と言っていた。あのときはわからなかったが、今なら納得できる。

貴族たちの間を蝶《ちょう》のように飛び回り、毎夜違う男女と体を交わす。男でも女でも誘われれば気軽に応じて、自分の気分で誘いもする。

彼の美貌に心酔する貴族は多く、誘いは引きも切らない。今宵は誰と褥を共にするのだろう。

フェレンツと目が合いそうになると視線を避け、彼の部屋に遊びに行ったジジが持って帰ってくる手紙にも返事を返さなかった。

パティオで姿勢を崩さずに立っていたミハイは、現れた王を見て目を見開いた。

王に肩を抱かれて一緒にやってきたのは、レヴィだったからである。

しかも今ベッドから抜け出てきたばかりとわかる、肌も露《あら》わな寝衣に薄いガウンを纏っただけの姿に動揺した。

ところどころ覗く白い肌に愛噛の赤い痕《あと》がついていて、直視していいものかわからず視線を泳がせる。

「無垢には刺激が強すぎるか」

にやりと笑った王が、ミハイの前の椅子に座った。

レヴィは王の足もとに膝を崩して横座りし、王の腿に両腕と顎を乗せ、頬をすり寄せて甘える姿勢を取った。

すんなりとした脚が大胆にガウンを割って伸びる。目のやり場に困る。

王は愛玩動物を可愛がるようにレヴィの頬を撫でた。

「こいつが新しいカナリヤの歌を聞きたいとねだってきてな。どうやらもう面識があるようではないか」

しどけない格好で王を見上げるレヴィの目には、たっぷりと媚《こび》が含まれている。

これほどの愛らしい少年にこんな目で見られたら、少年趣味がない男でもその気になってしまうだろう。

「着換えろと言うに、このままで構わんと言って聞かん。だからおまえをここへ呼んだ。ここなら他の者の目にレヴィが触れんからな」

レヴィは王の膝に頬を預けたまま、子どもとは思えない妖艶な流し目をミハイに送る。

「だってミハイ、純情そうですごく可愛いんだもん。ちょっと困らせてみたくって。やっぱり可愛くて気に入っちゃった。ねえ陛下、ぼくもミハイを部屋に呼んでいいですか？」

いつかミハイと話したときとはがらりと違う、鼻にかかった甘え声で王にねだる。

情事後の気だるさが滲んでいるのかもしれないが、それにしても甘えきった声だ。口調も王に対するものとは思えない砕けぶりだが、それが不自然でなくよく似合う。

ごくりと息を呑んだ。

これがレヴィの——ナイチンゲールの役割なのだ。

同時に、こういうことをかつてフェレンツがと思うと、言いようのない苦しさが胸を締めつけた。

「おまえの悪い癖だ、レヴィ。可愛いと思うとすぐにいたずらをしたがる。これはしばらく手をつける予定がない。性具で遊びたいなら他の慣れたカナリヤを使え」

レヴィはふふっと笑って伸び上がると、王の頬に口づけた。

「そんなことしないです、陛下。ミハイとはおしゃべりしたいだけ。約束を破ったら、いっぱいお仕置きしてくれていいですから」

「ふん、おまえは仕置きなどくれてやっても悦《よろこ》ぶだけではないか。子どものくせに本当に淫乱な奴だ」

言いながら、王は楽しげに口もとを歪める。レヴィの小さな体を抱き寄せ、膝の上に座らせた。レヴィはくすくす笑いながら、王の顎や頬にキスを繰り返す。

淫虐をほのめかされ、ミハイの心が妖《あや》しく曇る。

レヴィはどんな扱いをされているのだろう。

同国人だと思うと余計に胸が痛くなる。

「陛下。ミハイとぼくは出身国が同じなんです。故郷の歌を歌ってもらいたいな」

「そうか、おまえはピシュテヴァーンの出身だったな。いいだろう。だがミハイは恋の歌は不得手だぞ」

「ふふ。そうかもしれませんね。では敗残兵の哀歌を」

おや、と思った。

レヴィの希望は切ない歌だ。

他国との戦争で敗れた兵士が国へ帰る途中で力を失い、いつか国の再興を願いながら死んでいく歌。国ではとても有名な歌だが、このパティオにはそぐわない気がする。もっと明るい歌の方がいいのではないか。

王はにやりと笑うとレヴィの顎の下をくすぐった。

「嫌みな歌を願うものだな。おまえの祖国を武力で奪ったことを根に持っているのか。ずいぶんな愛国者だ」

「まさか。そんなぼくが生まれる前に起こったことをどうこう思いはしません、陛下。ただ聞きたいだけです。この宮殿に溢れているのは人生の喜びと恋の歌がほとんどでしょう。いささかうんざりしていました。たまには悲しい歌を聞きたいのです」

表情は笑いの形を取っているが、なんの感情も映していないような青い瞳。

レヴィも望郷の念に囚われているのかもしれない。

まだ子どもなのにと思うと、少しでも慰めてやりたくなった。心をこめて歌おう、レヴィのために。

「では、ご希望の歌を」

深く息を吸い込み、また吐いて、歌い始めた。

傷つき、血と悔し涙を流し、王国復興の際には必ず生まれ変わってまた兵士として戦うと誓いながら死んでいく男たちの歌。二十年余り前に、きっと同じように思って散っていった兵士たちがいただろう。

彼らの無念を想うと、歌いながら同調したミハイの目にも涙が滲んでくる。

王の膝の上で、レヴィは身じろぎもせずに聞き入っていた。

オペラ鑑賞でカナリヤ全員が連れていかれたのは、都の大きな劇場だった。歌の勉強になるだろうということだ。オペラ歌手はカナリヤよりも年齢層が高いぶん、迫力や声量が違う。

過去にカナリヤだった歌手もいると聞いて、ミハイも興味を引かれた。

宮殿の敷地から外には、ラスロに来て以来初めて出る。といっても送り迎えは馬車なので外を歩くわけではないが。

だが心が浮き立つというよりは気づまりだった。

オペラは歌が好きなミハイにとってはとても楽しみだし、舞台袖近くの壁に設けられた王専用の広い貴賓席でゆったりと見られるのも嬉しい。

けれど普段は顔を合わせないカナリヤ同士が集まると、互いに牽制《けんせい》し合った殺伐《さつばつ》とした空気が生まれる。

誰もが王に気に入られようと笑顔の裏で他人を蹴落としたがっているような、黒い感情が見え隠れするのがミハイには息苦しいのだ。

その上、以前ミハイを襲った暴漢はカナリヤの誰かの差し金ではないかと疑っている。なんの証拠もなく、あれ以来危ないことはないけれど。

カナリヤはミハイを含めて少年三人、少女が二人の合計五人だった。多いときは十人近くいるというから、今はあまり多くないのだろう。そのぶん、王の寵を競いたがる気持ちは強いらしい。

みな目を瞠《みは》るほど華麗な少年少女で、貴族と同じように飾り立てて化粧をした彼らの前では、ミハイなど本当にみすぼらしい田舎の少年にしか思えなかった。

なぜ自分がカナリヤとしてここにいるのだという疑問さえ浮かぶ。

ミハイもそれなりに派手な装いを与えられたが、着慣れない服に着られている気しかしなくて落ち着かない。

化粧はのどが痛くなるからしたくないと遠慮した。白粉の匂いだけで気分が悪くなってしまう。

王専用の貴賓席は豪華な作りだった。

舞台が見やすいように張り出したバルコニーには、王の趣味で寝椅子にもなる大きなソファが置かれている。そこでゆったりと酒を飲みながら、気に入った人間を侍《はべ》らせてオペラを鑑賞するのだ。

バルコニーの手前の部屋には楕円テーブルと椅子があり、酒や果物がふんだんに用意されている。

部屋の奥はさらに何重ものドレープのカーテンで仕切られた小部屋がひとつと、パウダールームがある。パウダールームは鏡と洗面台のある化粧室部分と、用を足すための個室が二つもあった。ひとつは王専用である。

小部屋にもパウダールームにも瀟洒《しょうしゃ》な寝椅子が置いてあり、どこでも寛げるようになっている。なんとも豪勢だ。

すでに王が寝そべる寝椅子の周囲には、ミハイを除くカナリヤたちが王に捧げる酒や果物を手に集まっていた。

寝椅子の後ろには一人掛けの椅子が並び、王の背後から鑑賞できるようになっている。自分はそこに座って鑑賞しようと、ミハイは一歩後ろに下がっていた。王の寵の争奪戦に参加するつもりは最初から皆無である。

だが一人掛けの椅子にはもう一人、長い脚を組んで腰かける男がいた。

ミハイは緊張したまま、逃げ出したい気持ちで頑なに舞台に目を向けていた。

「立っていないで座ったらどうだ、ミハイ」

（フェレンツ……）

フェレンツは貴族たちといるときと同じ冷めた笑みを浮かべながら、片手に持ったグラスを傾ける。

孔雀《くじゃく》のように華やかなフェレンツは、劇場の貴賓席によく似合う。

王の気を引くのに懸命なカナリヤたちも、ちらちらとフェレンツに視線を送っているのがわかる。美麗なカナリヤたちと比べてすら、フェレンツは群を抜いて美しく優雅だ。

「きみは王に自分を売り込みに行かなくていいのか」

フェレンツはおとなしく椅子にかけて開演を待つミハイを促す。

いくら避けたい人物とはいえ、話しかけられて無視をするような礼を失した態度を取るのはミハイの性格ではない。

自分の口調が堅くなるのを感じながら、重い口を開いた。

「売り込めるようなものは、ぼくにはありませんから」

謙遜《けんそん》でなく本心だ。

全員がカナリヤなのだから声には自信があるだろうし、容姿もしかりだ。むしろ自分などこの中でいちばん劣っていると思う。

他のカナリヤの歌を聞いたことはないが、きっと恋の歌を上手に歌い上げるのだろう。体を武器にするカナリヤもいるだろうけれど、それも自分にはできない。

ひっそりと目立たず、王の不興を買わずに役目を終えられればそれでいい。

「なるほど」

フェレンツがミハイの隣に席を移動してくる。

近くに寄られると身構えてしまう。だがさすがに王と同じ空間にいておかしなことはしないか、と警戒を弛めた。

それでもフェレンツが近くにいると思うと体が強ばる。無意識に体温を、罪な快感を思い出してしまうから。

「そういう態度で王の気を引こうという作戦か。なかなか考えたな。色香で勝負できないきみにはぴったりだ」

「そんなこと……！」

思ってもいなかったことを言われ、思わず彼を見た。

「いいじゃないか。自分に持てるもので勝負をするのは当然だ。生き残るために考えることは恥じゃない」

からかうような口調ではあるが、意外にも真面目《まじめ》な表情をしているので、これは本心で言っているのだろうかと訝しむ。

それでも見当違いのことを思われるのは心外だ。

「本当にそんなこと思ってません。そういうことは……慣れていないんです。歌う以外に取柄はありませんから」

フェレンツは探るようにミハイを覗き込んだ。

深い紫の瞳に見つめられると、心の中まで見透かされている気になる。だがやましいことなどなにもないと、姿勢を正した。

「祖国のためには上手く立ち回れたらいいんでしょうけれど、不調法者で」

機転の利く会話のひとつでもできたらまだいいのだろうが、酒も飲めない、色を売ることもできないでは、王の側に寄ることさえ躊躇われる。

フェレンツはしばらくミハイを見つめていたが、やがて正面を向いて酒を含んだ。

二人の沈黙の中、カナリヤたちが王に話しかける華やいだ声が聞こえる。

やがて、

「きみは、とてもきれいだ」

ぽつりと呟かれた声は独り言かと思うほどささやかで、聞き間違いではないかと思った。けれど同じ言葉をガゼボでも聞いた。

美しい横顔を盗み見ると、ひどくうらやましげな表情をしたフェレンツがいた。きれいだと言った彼の声が耳の奥に沁みてきて、胸がとくとくと走りだす。

こんな言葉にまだ心が揺れてしまうのはどうしてだろう。儚《はかな》い恋心の残滓がそうさせるのか、情けない。

静かにグラスを傾けるフェレンツが、ふとこちらを向いた。横目で見ていたのを知られてしまい、慌てて下を向くがもう遅い。

フェレンツの長い指が顎にかかり、横を向かされた。

真っ直ぐな目をしたフェレンツが顔を寄せる。この人の視線には力がある。からめとられるとなぜか身動きひとつできなくなる。

どんどん近づいてくる蠱惑的な唇から目が離せない。

触れる――！

唇に熱を感じる刹那、歌うような声が割り込んだ。

「フェレンツ」

パウダールームへ行くらしいカナリヤの少女の一人が、通りすがりざまに声をかけた。

我に返ったミハイは慌ててフェレンツの胸を押して距離を取る。

「お久しぶりね、フェレンツ。最近あたしの歌を聞きに来てくれないの寂しいわ。今はこちらのカナリヤにご執心なのかしら」

少女はちらりとミハイを見やる。

その目の奥に炎が燃え盛っているようで、ミハイは顎を引いて少女の視線から逃れようとした。紛うことなく憎悪の瞳に貫かれ、ぞわりと背が粟立《あわだ》った。

もしや……、彼女があの暴漢を？

フェレンツは流れるような動作で少女の手を取ると、滑らかな白い甲に口づける。

「では近いうちに。一晩中わたしのために歌ってもらうから、そのつもりで」

少女は期待に頰を染めると、勝ち誇った表情でミハイを見てパウダールームへ入っていった。

ミハイは深く息をつく。

こういうやり取りは苦手だ。

明らかにミハイに敵愾心《てきがいしん》を燃やした少女に対して、フェレンツがミハイを当て馬として扱わなかったことはありがたい。

子どもじみた性格だったら、きっとわざとミハイに興味があるふりをして、少女と駆け引きを楽しんだだろう。あるいは、ミハイを困らせて楽しむつもりで。

少女はフェレンツがミハイより自分を選んだことに満足したし、彼女の邪魔が入ったおかげで妙な空気は霧散した。

あとはしっかりとオペラを鑑賞して、自分の実にするのだ。

隣に座るフェレンツの存在を意識して頭から追いやりながら、真っ直ぐ舞台を見て開幕を待った。


「すごい……」

きらきらと瞳を輝かせたミハイは、呆然と唇を開いて舞台を見つめた。

舞台ではこの劇場でいちばん人気だという男性歌手が、力強く独唱している。

圧倒的な声量と、豊かな音域。

特に少年には出せない低音域の響きに、体の芯まで揺さぶられる。

続いて女性歌手の独唱。

妙齢の女性歌手は、失った恋人を狂おしいほど求める女性の心を、素晴らしい表現力と共に歌い上げる。まさに魂の叫びに、うなじが総毛立った。

王はカナリヤの少年少女が出す繊細な声音を好んでいるが、ミハイは自分もこんなふうに歌いたいと憧れた。

もっともっと歌の勉強をしたい。

こんな舞台に自分も立ってみたい。

椅子から身を乗り出して、舞台に釘づけになった。

あまりに興奮したので、幕間では息切れがしてしまったほどだ。

耳の奥に素晴らしい歌声が残っている。今覚えたフレーズを、歌い方を、自分も実践してみたい。できることなら今すぐ外に出て、大きな声で歌いたい。

ああ、でも、叶《かな》わないけれど。

歌いたい。

まだ彼らの足もとにも及ばないが、彼らの模倣をすれば自分が一段階上がれる気がする。忘れないうちに、耳にこだましているうちに、早く、早く。

時間が経《た》ったら耳から零れてしまいそうで、両手で耳を覆った。目を閉じて歌を反芻し、口中でぶつぶつと呟いた。

思い返すだに、自分との格差に頭《こうべ》を垂れる。同時にふつふつと、彼らに近づきたいという欲求が生まれてわくわくする。

さすがは大国の中でも一流のオペラ歌手。これだけでもこの国に来てよかったと、初めて心から思った。

少しずつ興奮が落ち着いてきて、やっと目を開けてため息をつく。

すると、目の前にグラスが差し出された。濃い葡萄色《ぶどういろ》の液体から芳醇な香りが立ち昇っている。

フェレンツが両手にグラスを持ち、ひとつをミハイに手渡した。

「ラスロの葡萄を搾ったジュースだ。渋みがあるが、ワインよりはずっと飲みやすいから、きみにはこちらの方がいいだろう」

とてものどが渇いていたので、ありがたく礼を言って受け取る。

テーブルには王の趣味に合わせてシャンパンとワイン、あとは強めの酒ばかりが用意されていて、酒に弱いミハイはちびちびとシャンパンを舐めているしかなかった。

ジュースはたしかに少し渋みがあったが、のどがカラカラだったので甘いだけよりかえって飲みやすかった。ひと息にあおって飲み干してしまう。

やっと深く息をつけた。

「もう一杯飲むか」

「ありがとうございます、もしいただけたら」

ミハイのためにわざわざ注文してくれたのかと思うと、感謝の念が湧いた。淫奔《いんぽん》な人ではあるが、やっぱり気遣いはしてくれるやさしい面があると思う。

はあ、と胸に膨らむ息を逃して、まだどきどきと鳴っている心臓の上に手を置く。体の中に音楽が満ち溢れているようだ。

フェレンツは頬を上気させるミハイを見て目を細めた。

「そんなに感動したか」

「はい！　とても……、とても素晴らしかったです。特にあの低音。痺れました。たった一人の人間にあんな声が出せるなんて信じられません、ぼくもあんなふうに歌いたい」

こんな大舞台で歌うなど夢のまた夢だが、目標を高く持つことくらい許されるだろう。もとカナリヤの歌手もいると聞いたではないか。自分にだって可能性はある。

大勢の観客の前で歌えたらどれだけ気持ちがいいか。

もちろん今のままでは舞台に立つなどおこがましい。

少しは歌に自信を持っていた自分だが、本物の歌手と比べるとそんな自信は粉々に砕け散ってしまった。でもそれが心地いい。目指せるものがある。

もっともっと練習して、いつか――。

「この舞台に立ちたい？」

「目標にしたいです」

舞台で歌う自分を想像すると、幸せな気持ちが溢れてきた。目立つことなど嫌いなのに、ここで歌いたいと強く思う。

「目標……」

繰り返され、ふとフェレンツを見ると、彼はとてもまぶしげに目を細めてミハイを見ていた。

「フェレンツ……？」

フェレンツはすぐに表情を消した。

「なら、陛下にねだればいい。可愛いカナリヤの願いなら、陛下は喜んで叶えてくれるだろう。オーケストラを従えて、満員の観客の前で」

当たり前の口調で言われて傷ついた。

実力などなくても、王のひと声で実現できるだろうと侮辱されたのだ。

自分が目標にしているのはそんなことじゃない。それをわかっているのかいないのか、フェレンツの表情に侮蔑も悪意も見られないことに戸惑った。

「なんでそんなことを言うんですか」

「そんなこと、とは？」

フェレンツが本当にわからなそうに言うので、口ごもってしまった。説明したいようなことではない。フェレンツの思考はミハイにとってわからないことばかりだ。

黙ってしまった二人の耳に、王を取り巻くカナリヤたちの浮ついた声が聞こえる。

それ以上会話もないまま、第二幕が始まった。

演目が始まれば、ミハイはすぐになにもかも忘れて舞台に集中した。

だが――。

「……ぅ……」

しばらくすると、だんだん体が熱くなってきた。

なぜか服の下の肌がむずむずとして、全身がじっとりと汗ばんでくる。

息が苦しい。

どうしたというんだろう、興奮しすぎたのか。

体の力が抜けて、意識せずに隣のフェレンツの肩にもたれかかった。

「ミハイ?」

頭の上で囁かれるだけで、ぞくぞくしたものが尾てい骨に滑り落ちた。

思わず体をよじってしまう。

「なんで……」

体全体に虫が這っているようで気持ち悪い。自分の体がどうなってしまったのかわからなくて恐怖を感じた。

もじもじと脚をすり合わせて目の縁を赤く染めたミハイを見て、フェレンツはふっと笑ってミハイの手からジュースのグラスを取り上げた。

「おいで、ミハイ。楽にしてあげよう。歩けるか?」

フェレンツに腰を抱かれ、体を支えられてなんとか立ち上がる。

舞台はまだ第二幕の中盤に差しかかった辺りだ。終幕までは遠い。王と他のカナリヤはミハイの様子に気づかず舞台に見入っている。自分の体調が悪いから中座したいなどと声をかけられる状態ではない。

楽にしてくれるというフェレンツの言葉に縋って、促されるままよろよろと一緒にパウダールームへ向かう。

パウダールームに置かれた寝椅子に体を横たえて、息を荒らげた。

苦しい。

肌が熱い。

服の上から体を掻き毟りたい衝動に駆られた。息苦しくて思わずシャツを摑んだミハイの手を、フェレンツがやさしく離させる。

「シャツを破るつもりか。どうやって陛下の前に戻るつもりだ」

潤んだ瞳で懇願すると、フェレンツはミハイのジャケットを脱がせ、シャツのボタンを外していった。

肌が燃えるようで、ボタンをすべて外されると呼吸が楽になる。自分がひどくみっともない格好をしていることは意識になかった。

けれど外気に肌を晒すと、より体が疼《うず》き始めた。痛々しいほど乳首が勃ち上がっている。

ボトムの中で自分の雄芯が頭をもたげているのを感じて戸惑う。

服の上からでもはっきりとわかるほど突っ張って、動揺して手のひらでそこを隠した。

が、

「あっ……！」

押さえただけで突き刺さるような快感が走った。すでに下着には小さな染みができているのを感じる。このままでは服の中で漏らしてしまう！

「で……、出ていって、フェレンツ……」

一人で個室まで行けるほど脚に力が入らない。立ち上がれない。

ここで処理するしかない。

こんなところで自慰など正気の沙汰《さた》ではないが、終幕までにどうにかしなければならないのだ。

ところがフェレンツはミハイの言葉を無視して、対面の寝椅子に腰かけてしまう。寛いだ姿勢で脚を組み、肘かけに腕を乗せた。

「見ていてあげるから、一人でしてごらん」

おそろしい要求に、ミハイの顔が歪んだ。

「いやです……、お願い、出ていって……」

ミハイの必死の懇願にも、優艶な眼差《まなざ》しを向けるだけだ。

絶望で目の前が暗くなった。

疼きはどんどんひどくなる。もう我慢できそうにない。

泣きそうになりながら、震える手で服の上から陰部を揉《も》み込もうとした。

「そのままでは服を汚してしまうよ」

フェレンツの言葉により息苦しくなる。

王の前に戻らなければならない。そのときに下着を汚して吐精した匂いなどさせていたら……。

考えるだけで身の毛がよだった。

「フェレンツ……」

涙目を向けるが、フェレンツは変わらず優美にほほ笑んでいる。

観念した。

フェレンツはミハイがどんなに懇願してもきっと出ていってくれない。

フェレンツを見ないようにしながら、ボトムのボタンを外した。それですら手が震えて、気が逸《はや》って、馬鹿みたいに時間がかかった。

取り出した雄は棒のように硬くなって、ミハイの気持ちを表しているように涙を零している。

できるだけフェレンツに見られたくなくて、利き手で茎を握り込み、反対の手で先端を覆って隠した。

「ん……っ！」

握っただけで快感のしずくが溢れ、先端の小穴がくぱりと口を開いた。

真っ赤に膨れ上がった亀頭の丸みが、自分の体でないようで怖い。

性的なことを話す悪友もおらず、祖母と両親と清廉な暮らしをしてきたミハイは、欲求に従っただけの性的な行為に背徳感を持っている。

婚前交渉はふしだらであると教えられてきて、自分もそう思ってきた。

体を重ねることは子を授かるための神聖な儀式。そう信じてきたから、肉欲を持つことにひどい罪悪感を覚える。

だが今体の火照りを鎮めることは、王の御前に出るために仕方のないことなのだ。

そう自分に強く言い聞かせて、それでも罪悪感から逃れたくて目を瞑り、不器用に手を動かし始めた。

「あ……、あ……、あ、う……、あ、あ…………」

すぐに出てしまう。

出る。

開いた唇から露が零れそうだ。よくて、よくて、手の動きが早くなる。

「は、あ……、でる、あ……、ふっ、ぅっ⁉」

突然手のひらで唇を覆われ、驚いて目を開けた。

フェレンツの美しい顔が目の前にあった。

「そんなに声を出したら、他の人に聞こえてしまうよ」

目を見開いた。

そうだ。いくらオペラの最中といっても、ふと音が途切れる瞬間はいくらでもある。よっぽど緊急でなければ王の御前から途中で席を立ってくる者はいないだろうが、不審な声が聞こえれば別だろう。

背筋が冷たくなったのは一瞬で、すぐにまた燃えるような疼きに包まれた。

「声を殺して」

言いながら、フェレンツは手を離してしまう。覆っていてくれればいいのに！

けれどそんなこと要求できるものではない。

「う……、く……」

きつく唇を嚙みながら再開する。

近くで見られていると思っても手の動きを止められない。

「はぁ……、ああ、い……、いい……、ああ……」

声を我慢しなければと思うのに、積極的な快感につい唇を開いてしまう。息が上がって呼吸だって苦しいのに、口を閉じてなんていられない。

そちらにも意識を向けるせいで、手の動きに集中できなくなった。ただでさえ不器用なのに、上手く快感を導けない。

「声を殺せと言ってるのに」

含み笑いするフェレンツに、涙目を向けた。口を覆って欲しい。

「たすけて、ください……」

フェレンツはやさしくほほ笑んだ。

悪魔のように、魅惑的に。

ミハイの耳もとにフェレンツが顔を寄せる。

「自分で口を覆うなら下を手伝ってあげよう。自分でするなら口を塞いでいてあげる。どうする？」

そんなの決まっている。他人に性器を触らせるなんてできない。

「口、を……」

「わかった。服を汚さないよう、零さず手で受け止めるんだよ」

なにをされたのか、一瞬わからなかった。

ぬるりと熱い舌がミハイの唇を割って、口腔《こうこう》をまさぐってくる。

「な……、やっ……」

逃げようとしたが、小さな顔を両手でがっしりと押さえられていて叶わなかった。

一旦舌を抜いたフェレンツが、唇を触れ合わせたまま囁いた。

「ほら、続けて」

言うなり深く舌を挿《さ》し入れてくる。荒々しくて力強いキス。

痛いくらい舌を吸われて、呼吸もままならないほど貪《むさぼ》られ、思考もなにもかもぐちゃぐちゃにされるような激しさに翻弄される。だがそれが幸いした。

「んう、ん……っ、ん……！」

脳に酸素が足りなくなる。

余計なことは考えられなくて、本能の赴くままに快感を追う行為に没頭していった。罪悪感の入り込む隙間もない。

「ふ……、う、く……ん、……っ」

漏らした声はフェレンツが全部吸い取ってくれる。

快感で溢れる唾液《だえき》は飲み込んでくれる。

生々しく絡み合う濡れた舌同士がより興奮を煽《あお》った。

頭の後ろが重く痺れていく。自分の体がどうしてこんなに熱くなってしまったかという疑問も吹き飛んで、ただ白い衝動に身を任せた。

「ふっ……！　くぅ……、ぅ……」

手の中で熱が弾けた。

先端を覆った手のひらにびゅくびゅくと生暖かいものが噴きかかる。固く瞑ったまぶたの裏で光が爆《は》ぜ、全身が蕩《とろ》けるような快楽に包み込まれる。

最後の声も、フェレンツが呑み込んでくれた。

「ん………、ふぅ……」

フェレンツの唇が離れると、ぐったりと寝椅子に沈み込んだ。

酸素を求めて唇がわななく。快楽が体中を満たしている。

もったりとした体液で濡れた手が痺れていた。

その手をフェレンツが取った。

「……？　え……、やだ……！」

フェレンツはミハイの手を自分の唇に近づけると、白く汚れた指を躊躇いもなく口に含んだ。ミハイの目が大きく開かれる。

「やめてっ……、やめてください、そんなこと！」

手を引きたいのに、しっかり摑まれて指を動かす程度しかできない。そもそもほとんど力が入らない。

唇から逃げたがって動かした指がフェレンツの頰を叩く。べっとりと指に絡んでいたミハイの精が、フェレンツの頬を汚した。

「あ……、ご、ごめんなさい……！」

美しい顔に汚いものをすりつけてしまい、うろたえた。もう指を動かして抵抗することができなくなった。

フェレンツが薄笑みを浮かべながら、ミハイを見た。

正面から艶冶《えんや》な視線を受け止めてしまい、ひくりと顎が震える。

呼吸をするのも苦しくなるような、濃厚な色香がフェレンツから溢れ出る。

香りなどないのにそれは香水のようにねっとりとミハイを包み込んで、じわじわとまた体が火照りだした。

甘い風が吹きそうなまばたきの向こうから、人とは思えない魔力を宿した深い紫の瞳がこちらを見ている。

見つめ合ったまま、フェレンツはミハイの指に口づける。目が逸らせない。

「あ……」

ぞくぞくと背筋を官能が這い上がる。

フェレンツはミハイの手を持ち上げ、見せつけるように口を大きく開いて赤い舌を伸ばし、手首まで垂れ流れる白濁を舐め上げた。

「ひゃ、う……っ」

快感を伴ったくすぐったさが、尾てい骨まで走り抜ける。

口を開き、目を細めた淫蕩な表情で、フェレンツは白濁を舐め取っていく。

温かい舌が手のひらを往復すると、下腹がきゅんとして思わず背を丸めた。放ってもまだ硬さを失っていない陰茎がぴくぴくと震える。

「……っ、や……、だめ、だめ……、やめて、ください……」

こんなのおかしい。あんな汚いものを舐めるなんて信じられない。

頭も体も熱くて、熱くて、おかしくなってしまった自分が怖くて逃げ出したい。どうして手なんか舐められて気持ちいいの？

ミハイの懇願など聞こえていないように、フェレンツは一本一本の指を丁寧に口に含んだ。根もとまでフェレンツの熱に包まれると、温かくて泣きたくなる。

「あっ……、あ……！」

指と指の間のつけ根に舌を這わされ、快感が腰に滑り落ちた。

含んだ指を吸いながらゆっくりと出し入れされると、指先までもが感じる。唇から濡れた指が姿を現す様がいやらしすぎて目が回りそうだ。

意味ありげにほほ笑んだフェレンツが、いちばん長い指をしゃぶり始めた。

深く呑み込み、くちゅくちゅと唾液を指全体に塗《まぶ》したかと思うと、頭を前後してリズミカルに出し入れを繰り返す。

舌で包むようにこすられると、腰が蕩けそうになる。

ミハイの手を上に持ち上げ、下から舌を伸ばしてつけ根から指先まで往復する。貝のような薄い爪の間をちろちろと舌でくすぐった。

男根を模してしゃぶっているのだと、さすがにミハイでも気づいた。

意識が飛びそうなほど頭が熱くなる。

「やめて……、やめてください……」

啜《すす》り泣くように言うのは、まだ脚の間で屹立《きつりつ》するものがさらなる解放を求め始めたからだ。体はまだもの足りないと叫び続ける。

どうしていいかわからなくてぽろぽろと涙を零した。

「指を舐められるのが気持ちいい？　足の指の間もとても感じるよ。今度してあげよう」

おそろしい宣言に、それでも足指を含まれる図を想像すると、期待にわななないた。すっかりこの淫靡な遊戯に呑まれ始めている。

我慢できないほど陰茎が張りつめてきて苦しい。

「さあ、楽にしてあげると言ったろう。両手で口を覆っていなさい。わたしがしてあげるから」

しゃくり上げ始めたミハイは、素直にこくりと頷いた。

他人に性器を触れさせるなんて死にたいくらいに屈辱的だけれど、慣れたフェレンツの方が自分でするより上手に導いてくれるだろう。

いつ誰が入ってくるか気が気ではないこの場所で少しでも早くこの状態を治めるには、フェレンツに任せる方がいいのだ。きっと楽にしてくれる。

無理やり自分を納得させ、両手を重ねて口を覆った。

自分の精とフェレンツの唾液に濡れそぼった指は淫らな匂いがした。フェレンツが自分の性器を握るところなんて見ていられないから、固く目を瞑る。

強ばったミハイの指の節に、フェレンツがそっと唇を押し当てた。そんなに力を入れるなという意味だろうか、それともキスなのだろうか。

フェレンツの気配が下がっていく。

下肢をまじまじと見られていると思うと羞恥で呼吸ができなくなるほどなのに、この疼きを鎮めてもらえると思うと、期待で陰茎がぴくんと跳ねた。

フェレンツの指に張りつめた茎をやわらかく包まれ、顎が突き上がる。

「う……、っ」

人の手はなんて温かくて刺激的なんだろう！

もう一方の手で蜜が詰まった双珠《そうじゅ》を下からやさしく揉み込まれれば、先端からとろとろと透明な体液が零れた。

「使っていないからかな、とてもきれいな色と形をしている」

「ひゃ……っ」

間近でしゃべられたせいで濡れた先端に息が吹きかかり、背筋を痺れが駆け上がった。

さらに淡い下生えを軽く指で引っ張られる。

「ここも……、きみは体毛が薄い。だが王の伽を務める者なら処理をしておくものだ。いつ閨に呼ばれてもいいように準備をしておいた方がいい」

脳が沸騰するようなことを言われ、言葉が頭に入ってこない。

「しゃ……べら、ない、で……」

そんな間近で見られているだけで慙死《ざんし》してしまいそうなのに、あの美しい顔が自分の恥部に触れそうだなんて意識するのは耐えられない。しかも体毛を処理しろなどと、信じられないことまで言う。

フェレンツは小さく笑うと、ゆっくりと手を動かし始めた。

「ぁ……、っ、ぅ……、っ、く、ん………」

たちまち痛いほどの快感がそこに集まっていく。

目の裏に火花が散る。

手の動きは自分などよりずっと複雑で、茎の根もとと先端で絶妙に力加減が違う。そのうえ敏感な亀頭の切れ目を、触れるか触れないかの強さでくるりと指の腹を滑らされると腰が揺れ動いた。

溢れ零れる蜜を張り出しとくびれの間に器用に塗り込め、ちゅくんちゅくんとした水音に耳からも感じさせられる。

反対の手は蜜袋をやわらかく揉み込みながら、指で陰茎のつけ根から後腔までを強くこすり、濃厚な刺激を与えてくる。ときおり指が後腔を掠めると、そこはひくんと震えてもの欲しそうに開閉をした。

繊細な襞《ひだ》を指が撫でるたび、小さな蕾《つぼみ》は口を開きたがってくちくちと音を立てた。ともすれば指が滑り込みそうで、期待とも恐怖ともわからない感覚が湧く。

「く……、う……、」

下半身が融《と》けて崩れてしまいそうだった。

ああ、自慰というのはこうしてするものなのだ。

急速にせり上がる射精感が止められない。いや、止める必要なんかない。射精のためにしてもらっているのだから。

「は……ふ……、あ……、でる……」

重ねた指の隙間から熱い息を零す。

下腹から精道を駆け上がる衝動に身を任せて、無意識に腰を突き上げたとき。

ぬるり、と温かいものに肉茎が包まれた。

「あ……っ!?」

同時に強く吸引され、目も眩《くら》むような快感に襲われる。

「や……、あ……、あ……っ！」

まるで命そのものが吸い出されるようだ。

見下ろした先には、ミハイの陰茎を咥えて淫靡な眼差しを向ける美貌のフェレンツ。

目に入った光景のあまりの信じがたさに、気が遠くなった。

「い……」

いやだ、と言いかけた声も、精路の小孔《こあな》から吸い出されてしまったように掠れて消えた。

自分でフェレンツの口に突き込むように前にせり出してしまった腰が、びくびくと震えた。

引き抜きたいのに、力強く押さえられていて抜け出せない。

生きもののような舌の感触が先端を撫で回し、あまりの快感に靴の中でつま先が丸まる。

濡れた肉が纏いつく感触が強烈で、意識が白く遠のいた。

歪む視界の中で、フェレンツの紫の瞳だけが鮮やかに心を突き刺してくる。

ゆっくりと口腔から雄を引き抜かれる瞬間も、腰の奥がきゅうと絞られた。

「ん……」

口を覆っていたミハイの手がだらりと垂れ下がる。

息を荒らげて全身をしっとりと薄桃色に染めたミハイは、視点をうつろわせながらぼんやりと目の前の美麗な顔を見た。

フェレンツが唇を開いて、口中に溜めた白濁をミハイに視認させる。

こくり、と音を立てて嚥下《えんか》する姿を見て、甘い絶望がひたひたと心を満たしていった。

自分はこの悪魔に捕食されている。なにをされても抵抗できない。その手の中で簡単に玩《がん》弄《ろう》されてしまう。

怖いのに逆らえない。獣に狙《ねら》われた小動物のように、貪られる瞬間を恍惚《こうこつ》とした諦めの中で待っている。

「ミハイ……」

フェレンツの声はどこまでも甘くやわらかい。

弛緩《しかん》した体を軽々と持ち上げて後ろ向きに返され、寝椅子に膝をついて縁に手をつく形にされる。

ぼんやりとした視界に人影が映ってぎくりとした。

「あ……」

パウダールームの壁にかけられた巨大な鏡だった。

寝椅子に手をかけたミハイと、背後から覆い被《かぶ》さるフェレンツが目の前にいる。

上気した頬と潤んだ瞳、半開きの赤い唇、頬に張りつく黒い髪、そしてまだ去らない熱に染まる肌を晒した自分自身。

自分がこんなに淫らな顔をしているなんて信じられない。

ほとんど脱げかけて腕にかかっているだけのシャツと、性器を露出する位置まで下ろされたボトムが全裸よりも卑猥だった。しかも二回も出したにもかかわらず、ミハイの雄はいまだ上を向いて次の刺激を待ち望んでいる。

まるで自分の方が淫魔にでもなってしまったように見える。

「いや……」

ミハイが目を細めれば、鏡の中の淫魔も目を細める。

後ろからミハイを抱きすくめたフェレンツが、小さな顎を手で包んで人差し指を咥えさせた。

鏡越しにフェレンツと目が合った。

「きみは虐《いじ》められると感じてしまう子だ」

言い含められるように囁かれ、ぞくりとした。

違う、とかすかに顔を左右に振るけれど、

「違わないよ」

指の腹で舌を撫でられたミハイの眉が淫靡に歪む。

「……っ、」

舌を撫でる指の感触が艶めかしい。ここはものを味わう場所だ、感じるようなところじゃない。

それなのに、自分が得ているのは紛れもない快感。

「はなし……、ひうっ！」

きゅ、と乳首を捻られて体が跳ねる。

「や……、いや……っ」

「静かに。人が来るよ」

その言葉だけで、ミハイの抵抗は封じられてしまう。

こんな状態を見られたら、誘ったのはどちらだと思われるか。陰茎を勃ち上げて、火照った体を晒して。

それでも、ミハイに手を出すなと釘を刺されていたフェレンツだって咎められないはずはないだろう。

「こんなの……、王に、見られたら……」

「わたしはちっとも構わないよ」

簡単に言われ、言葉が継げなくなった。王の怒りがおそろしくはないのか。

フェレンツはミハイの唾液で濡れた指を、ゆっくりとミハイの唇に滑らせた。左から、右に。

唇をなぞられると未知の官能が湧き上がる。

いたずらな指に唇をめくられて、白い小さな歯が見えたときはどきりとした。なんていやらしい顔！

鏡越しに熱い視線で見つめられたままするそれは、唇同士が触れ合っていなくても性的なキスを連想させた。

「もう……、終わりにして……ください……」

懇願に媚が混じるのがわかる。

嫌だ、自分はなにを期待しているんだろう。この体がいけないのだ。なぜこんなに熱くて苦しい？

もっと……、もっと強い刺激を求めてしまうのはどうして？

「ひゃ……！」

勃ち上がったままの陰茎を握られ、思わず顎を突き上げた。

「まだ火照りは収まっていないだろう」

フェレンツの手の中に自分の恥部が収まっているのを見てしまい、強烈な羞恥に駆られる。

慌てて目を閉じたが、くっきりと目に焼きついてしまった。

「あ……、あん……」

茎を前後に扱かれると、先端から白濁の残滓と透明な蜜が混ざった淫液が溢れ出て、フェレンツの指を濡らし上げた。

先ほどこすられた後腔が、じんわりと熱を持ってひくひくと呼吸している。

そこも触って欲しくて、無意識に腰をフェレンツにすりつけた。

わかっているとでも言いたげに、たっぷりとミハイの淫液を纏った指がぷつりと蕾を割った。

「あ、あぁ……っ！」

きゅう、と粘膜が指に絡みついた。

待ち構えていたように内腔が蠕動《ぜんどう》し、奥へ奥へと指を引き込もうとする。

「なんで……っ？」

自分の体がおそろしい。そこは異物を挿《い》れるところじゃない。なのに……！

戸惑うミハイの耳朶《みみたぶ》に、フェレンツが軽く歯を立てた。

「やっ……！」

ぴりっと電流が走ったような快感が首筋まで駆ける。

「もうやわらかくなっている。いくら薬の効果があるとはいえ、やっぱりきみには才能があるようだ」

薬……？

聞き違いかと思った。

涙で濡れ始めた瞳を開くと、伸びてきた舌がそっと目尻に溜まった涙を拭《ぬぐ》った。

そんなことをされたら薄気味悪いはずなのに、彼にかかればとてもやさしい愛撫をされたような気になってしまう。

「くす……り……?」

「そう。恋人たちの楽しい夜を盛り上げるために使う薬だ。大丈夫、少し気持ちよくなるだけで後遺症はない。わたしも飲んでいるから、安心していい。もっとも、わたしは慣れているからきみの方が効き目が強いだろうね」

やっと、さっきのジュースになにか含まれていたのだと思い至った。

おかしいと思ったのだ。こんなふうに体が火照って、突然性的な欲求に苦しめられるなんて!

「ひどい……」

濡れた目でフェレンツを睨みつけると、悪いことなどなにもないようにほほ笑んだ。

「どうして。わたしはきみが欲しい」

唇を噛んだ。

悔しいというより、苦しい。自分が歌以外に取柄などない、つまらない少年だということはわかっている。けれどまるで意思などない人形のように扱われる謂われはないはずだ。

「カナリヤなのに思いきり啼かせてあげられなくて可哀想《かわいそう》だけれど。しっかり声を抑えておくんだよ」

「あ……」

くっ、と長い指を奥まで挿し込まれて、温かな手のひらが尻たぶに当たる。

身構える間もなく、陰茎のつけ根に近い腹の内側に、身を貫くような刺激が襲う。思わず腰が跳ねた。

「ひぅっ……、んん……っ！」

フェレンツの片手がミハイの口を覆う。

「静かにと言っているよ。わたしもきみの声を聞きたいけど、それはこの次に」

可愛くてたまらない子どもに言い聞かせでもするような口調で、ミハイのこめかみにキスを落とす。

「傷をつけたりはしないから。大丈夫、きみの体のどこをどうすればよくなるか、わたしはきみよりも知っている」

「ふっ……、ぅ……、んっ……」

フェレンツの指が、体の中の敏感な部分を撫でさする。

そうされると、ただでさえ力の入らない腿ががくがくと揺れた。寝椅子に沈んでしまいそうになる。

「んーーーっ、ん、う……、んんんっ……！」

小さな稲妻《いなずま》のような官能が腹の奥から迸《ほとばし》り、目がちかちかと瞬く。

触れられている部分がふっくらと腫《は》れ上がっているのがわかる。そこを間断なく責め立てられ、口を覆われた手の下でくぐもった叫びを上げ続けた。

息が苦しい。

初めての刺激に、もはや腰から下の感覚がない。

腿が震えて体を支えていられない。

助けて、助けて！　こんな気持ちいいの、おかしくなってしまう——！

「手を離すから、ちゃんと声を我慢するんだよ」

「ふ、あ……」

やっと唇を解放され、寝椅子の縁に倒れ込む。

ミハイの口を覆っていた手は、今度はウエストにぐるりと回され、ミハイが倒れないよう支えられた。

深く息を吸い込んで、小さく咳《せ》き込《こ》んだ。

フェレンツに向かって腰を突き出すような格好になり、鏡に映る自分の上気した顔が間近に迫る。

フェレンツの指がゆっくりと引き抜かれ、また奥まで挿し込まれた。顎を突き上げ、目を閉じて快感を追う。

「く……、ん……」

徐々にリズミカルに、ときどきぐるりと孔《あな》を広げるように回し、指の先端で深い部分をこね、ミハイが焦れるタイミングを狙っては、先ほどの強烈な刺激を起こす膨らみを掠められた。

高波のように襲いかかる快楽に呑み込まれていく。

いつの間にか指を複数にされても気づかず、気づけば自分から指に合わせて腰を振り動かしていた。

「はぅ、あ、ああ、あああ、あ……、も、もぅ、や……、やめ……」

気持ちいい。

気持ちよくて気持ちよくて、意識が霞《かす》む。

やめて欲しいなどという言葉はただの惰性で、すっかり快楽に流されている。

大きな声を出してはいけないという意識だけがミハイを支配して、ひたすら声を潜めて快楽を追い求めた。

「……と……、もっと……」

かきまぜられ続ける肉筒の疼きが高まって、より強い刺激を求めてしまう。

硬く反り返ったミハイの雄茎は先端からだらだらと透明液を零し、陰嚢《いんのう》を濡らして内腿まで垂れ流れている。

「可愛いよ、ミハイ。自分の顔をもっとよく見てごらん」

そそのかされ、固く閉じていたまぶたをうっすらと開く。

自分の表情を見たとたん、腰の奥でなにかがぐずりと融け崩れた。指を咥え込んだ蜜壺《みつつぼ》が熱く滾《たぎ》る。

これが自分？

いつも身だしなみを整えるときに鏡で覗く自分とはまったく違う。

なんていやらしい顔をしているんだろう。

蕩けきった瞳と、だらしなく開いた唇。目もとを朱に染め、恥ずかしげもなく白い双丘をフェレンツに向けている。

双丘の間に挿し込まれたフェレンツの手が、見せつけるようにゆっくりと引き抜かれた。

「ん……」

気づけば指は三本に増えており、濡れ色を纏ってずるりと姿を現す。

三本もの指があんな小さな孔に挿入《はい》っていたなんて。

指を失った後蕾《こうらい》が切なく震えている。体を埋めていたものを恋しがって肉襞が痙攣《けいれん》した。

もっともっと気持ちよくしてくれと内腔が蠢いている。

「ぬ……、抜かな……」

「すぐに埋めてあげるから」

フェレンツがボトムの前を寛げるのを、鏡の中で待ち遠しく眺めた。

取り出された男根は、フェレンツの外見を裏切らずに美しく男らしい形だった。自分のものよりたくましくて、先端の部分がしっかりとえらを張った肉色の槍《やり》。

見てしまったら、それが欲しくてたまらなくなった。

きっと指よりも深いところに届く。あれで熱く煮えたぎる肉筒をめちゃくちゃにかき混ぜて欲しい！

他の部分の肌より充血してわずかに赤みを帯びた屹立が、ひたりとミハイの後蕾に当てられる。

「あつっ……！」

火傷《やけど》するのではと思うほど熱く感じた。

でも熱いのがフェレンツなのか、全身から淫靡な汗を滲ませる自分なのかわからない。

硬く張った先端でにちにちと蕾の上を往復されると、早く挿れてくれとばかり襞がぱくぱくと口を開く。

なのにちっとも挿れてくれなくて、疼きを持て余したミハイは頭を左右に振って涙を散らした。

「……ねが、い……、します……、いれて……」

どれだけはしたないことを口走ったか、昂りきったミハイにはわからなかった。

生まれてからこれまで保ってきた矜持《きょうじ》は、薬で増幅された肉欲と快楽の前に脆《もろ》くも崩れ去っている。

ただ肉を穿って疼きを散らしてもらうことしか考えられない。

フェレンツはうっそりと笑うと、ミハイの顎を取って鏡に向かせた。磨き抜かれた鏡の中に、みっともなく尻を突き出した自分とフェレンツが映っている。

「今の言葉を、自分を見ながら言ってごらん」

心臓がどくどくと脈打っている。

自分の浅ましい痴態を見せつけられることに、脚の間の屹立が痛いほど張りつめた。

体が熱くてどうにかなってしまいそうだ。この火照りと疼きを鎮めてもらえるなら――。

催眠術にかかったように、言われるまま口を開いた。

「おねがい……、します……。いれてください……」

ひどくもつれた舌で、甘えるような濡れ声でねだった。

快楽と諦観《ていかん》で歪む顔を見ながら屈従の言葉を口にする自分を見て、心の中のなにかが地に堕《お》ちた。

奴隷の宣言をしたのだ、と心のどこかで思った。

フェレンツの……、いや快楽の奴隷。

なにも知らなかった体は、逆にこんなにも官能に脆い。抗《あらが》う術《すべ》などなく簡単にからめとられてしまう。

「可愛いよ、ミハイ。鏡の自分から目を逸らすな。自分がどんな顔で感じるか、よく目に焼きつけておきなさい」

そんな命令にも素直に頷くしかない。

ぬぐ、と切っ先が潜《もぐ》り込んできた瞬間、粘膜全体が歓喜して肉槍にしゃぶりついた。

「は……っ、あぅ……」

狭道を押し広げ奥に進んでいくごとに腰が撓《しな》る。

なんて熱くて硬い——！

「すごいな……、初めてなのにねっとりとわたしを引き込んでいく。やっぱりきみはナイチンゲールの方がふさわしい」

「あ……、あ……、あ、ああ……」

奥まで咥え込むと、フェレンツの滑らかな肌が尻肉に当たった。彼も恥毛を処理しているのだ、と霞む頭で思ったら意識が沸騰した。

焦りのない動きで、フェレンツが一旦収めた男根を引き出す。

出ていかないでくれと粘膜が熱に追い縋って絡みつく。鏡で自分の尻の狭間《はざま》から濡れた肉が姿を現すのを見て肌が粟立った。

フェレンツは入り口の窮屈な肉環にえらの張り出しを引っかけて、ぬぷぬぷと先端の丸い亀頭部分だけを出し入れする。

「や……、ん……、はや、く……」

一度道すじをつけて拡《ひろ》げられた肉筒が、早くこすって欲しいとひくついている。

焦らさないで。

うっすらと笑みを浮かべたフェレンツの瞳に初めて情欲の色がよぎるのを見て、なぜか安堵した。

よかった。欲しがっているのは自分だけじゃない。

「こえ……、がまん、するから……、はやく……、フェレンツ……！」

ずん！　と雄が嵌め込まれ、声にならない叫びを上げて背を反らした。

熱い肉の塊が淫道をこすり上げ、火が灯ったように肌が燃え上がる。

激しく突き上げたかと思うと奥を甘くこね、ミハイの快感が高まるに合わせて狙いすましたように前壁のしこりを引っかけて往復した。

「あ……、ああ、あああ、あ……、ひ、あ……、ぅ……」

頭の中に白い火花が散る。

鏡のミハイは快感に浸りきって顔を歪め、興奮に濡れた瞳を輝かせて自分の痴態を見つめている。

血管が浮くほど硬く握りしめた拳を唇に当てた。

声を出せないぶん、余計に快感が体の内側に向かって暴れ回る。

「ふ、う……、うう、ん、あ……、ああ………」

まるで失禁しているように、揺れるミハイの雄茎から蜜が飛び散った。

達しているのかもしれない。後腔への快感が強すぎてわからない。

声を出すなと言うくせに、フェレンツはわざとのように激しくミハイの奥を穿《うが》つ。どこまで耐えられるか試しているかのようだ。

そんな扱いにますます肌を燃やす自分がいる。

——きみは虐められると感じてしまう子だ。

フェレンツの言葉が耳によみがえる。

こういうことなのか。

薬を飲まされ自分の意思を奪われて辱められ、それなのにこんなに感じてもっともっとと願ってしまう。

彼にはミハイの隠れた欲望が透けて見えたのだ。

ミハイの考えたことがわかったように、フェレンツはミハイの胸粒をきつくひねり上げる。

「ひっ……！」

引っ張られ、指で挟んでこりこりと潰《つぶ》され、赤く色を変えた乳首が白い肌の上でこれみよがしに存在を主張する。

はしたない色合いに変えられた自分の体が目に焼きついた。

「さあ、そろそろ出すよ。外に出したら服を汚してしまうかもしれない。どこに出して欲し

い？」

後ろからミハイの頬に指を滑らせながら、フェレンツが尋ねる。

自分の口で言えと。

鏡の中の自分を見ながら、屈辱的な懇願をしろと言うのだ。

フェレンツの美貌が、自分の欲に塗《まみ》れた顔が、脳に刷り込まれていく。

「なか、に……、だして……」

愛しげに目を細めたフェレンツが片手でミハイの雄の先端を覆い、腰の律動を激しくする。

「あ……！　あぅ……、あ……、あああぁぁ、ああ……！」

「いい子だね、ミハイ。中だけで達かせてあげよう。そのぶん声を殺すのが苦しくなるけど……、大丈夫だね？」

ミハイの意思など関係ない。

彼は彼の好きにミハイを翻弄し、体の反応を引き出すくせに。ミハイは言われた通り、ただ声を押し殺すだけ。

「う……、ひっ……ぃ！」

フェレンツの亀頭の張り出しが、終焉《しゅうえん》に向けて内壁をかき分ける。ミハイの昂りに合わせて的確な位置をこすり、否応《いやおう》なく意識が天に向かって駆け上がる。

昇りつめていく。

陰茎に向かって熱が集まる。

「ふ、ああ……っ！」

体奥でどぷりと熱が広がった刹那、フェレンツの手の中でミハイの雄も弾けた。達するときの自分の表情が脳に刻み込まれる。

今まで見たこともない、恍惚に塗れた顔――。

彼の手の中に放ってしまった精は、またいやらしく舐め取られるのだろうか。

霞む意識の中でそんなことを考えながら、満たされきった体は力を失って寝椅子に沈んだ。

冷たい金属を下腹に当てられる感触に、ミハイはぞわりと鳥肌を立てた。

「動かないで。変なところを切ってしまう」

「でも……、冷たくて……」

「我慢しなさい」

あまりの羞恥にくらくらとして目を閉じてしまいたいのに、陰茎のすぐ側に大きな薄刃の剃刀《かみそり》を当てられているから怖くてつい見てしまう。

浴室に備えられた大理石の椅子に座って、蛙《かえる》のように膝を曲げて大きく脚を開かされている。汚してしまうからとシャツ一枚着せてもらえず。

尻を椅子から落ちるギリギリの位置まで前に出し、後ろ手をついて、腰を突き出す恥辱的なポーズだ。

脚の間に剃刀を持ったフェレンツがしゃがみ込み、勃ち上がってふるふると揺れるミハイの陰茎を片手で持って横に倒した。

「あ……」

触られると反応してしまう。

「恥ずかしがることはないよ。勃ってる方が皮膚がぴんと張られて剃りやすい。剃り残しなんかある方が王に失礼だからね」

しゃべられるとフェレンツの吐息が陰茎の先に当たる。濡れた陰茎はそんなわずかな刺激にも感じてしまって恥ずかしい。

王の伽を務める者は、体毛の処理をしておくこと。いつ閨に呼ばれてもいいように準備をしておくべきだ。

たしかにオペラ劇場のパウダールームでフェレンツからそう言われた。けれどどうしていいかわからなかった。

それをオペラの翌日に部屋にやってきたフェレンツに見つかり、剃られることになったのである。

自分でやると言ったが強制的に浴室に連れ込まれ、服を剝かれた。

「慣れないことを直前にしようとして失敗したらどうする。上手に剃れないだろうことはもちろん、下手をすれば肌に傷をつけてしまう。王の怒りを買うことになるよ」

そう言われても、他人に恥毛を処理してもらうなんて、拷問も同然だ。

だが。

「王からのお呼びがあったら、ちゃんと準備できているか調べられる。もし上手にできていなかった場合、きみのメイドが処理をすることになるが、構わないのか」

そう言われて驚愕した。

結婚前の女性に陰部を広げて、体毛を剃ってもらう？　そんなことはできない！

まだ髭《ひげ》も生えないミハイは、剃刀など使ったことがない。

顎よりもよほど複雑な陰部の剃毛は難しい。やり方を教えると言われ、椅子にかけて脚を開いた。

湯で泡立てた剃毛用のクリームは温かく、下腹部に乗せられると心地よくさえ感じた。けれどそれをやわらかなブラシで塗り広げられていくと、ぞわぞわとした官能が湧き上がる。

望まず陰茎が勃ち上がり、はしたない反応をフェレンツに晒してしまっていた。

「いいか、まずは毛の流れと逆方向から剃刀を滑らせるんだ。できるだけ大きく脚を開いた方がやりやすい」

言いながら、羞恥で閉じがちになる膝を大きく横に広げられる。

自分の勃起の目の前にフェレンツの美貌があって目眩《めまい》がしそうだ。

「下から上に。陰嚢や陰茎、脚のつけ根の角度がある部分は気をつけて。刃を立てるとすぐに肌が切れてしまうよ」

そり、そり、という小さな音が浴室に響くのが恥ずかしい。

肌に当たる刃の冷たさとフェレンツの指の温かさの対比が余計に官能を煽る。

この人のことが怖いのに、嫌なのに、体は勝手に反応してしまう。

「陰嚢はできるだけ持ち上げて……こう。陰茎は横に倒して、根もとの部分を丁寧に」

辱められるだけだと思ったのに、フェレンツは驚くほど丹念に教えてくれる。

「下からが終わったら、次は毛の流れに沿って上から。生え際の細かい毛がそれできれいに取れる。王が触れても心地いいと思ってもらえるよう、滑らかに整えておくんだ。きみの場合はもともとの毛色が暗いから、残しておいたら余計に目立つ。まめに手入れをしないと。望むなら、毎日わたしがやってあげてもいいけどね」

「い、いりません……！」

フェレンツは軽く笑うと、剃刀を持ってミハイの背後に回った。

ミハイに剃刀を握らせ、その手を上から握る。

「こちらの手で陰茎を倒して……そう。刃は肌に垂直に当てないように……」

ミハイの手を持ったまま、動かし方を教える。

泡ごと剃り取った毛を紙で包んで捨て、湯で絞ったタオルで陰部を拭いた。

仕上げに花の香りのするローションで肌が荒れないよう整え、やっと息をつく。

「剃り残しがないか見てあげるから、そのままで」

まだこの格好でいなければならないのか、と目もとに朱を刷いたまま顎を引いた。

ミハイの前に屈み込んだフェレンツが、鼻が触れてしまいそうなほど顔を近づける。

「そ……、そんなに近づかないでください……！」

「なにを言っている。王にもそんなことを言えるのか。言っておくが、王は美しい体を眺めるのがお好きだ。明るいところで、細部までじっくり嬲《なぶ》られるぞ」

王の手の感触を想像して、唇を噛んだ。

「それこそ、ガラスでできた張り型を使って体の中まで覗き込まれることになる。自分で孔を広げてみせるくらいのことは覚悟しておいた方がいい」

想像して、暗い怯えに震えた。

ガラスの張り型がどんな形状のものなのかすら想像できない。

「きみが思うより、性愛には色々な形がある。ここで生きていこうと思うなら、逆らおうとするな。受け入れて、楽しむくらいの気持ちでいろ」

それはフェレンツの経験則なのか。

フェレンツは双嚢を持ち上げて裏まで確かめている。そんなところを覗かれたら、後腟まで丸見えだ。

視線が這わされていると思うと、肉襞が勝手にきゅんと締まった。見られてしまったに違いない。

自分の反応が厭《いと》わしくて、フェレンツの頭を押し遣る。

「もう……、充分見たでしょう……。そろそろ放してください」

フェレンツは顔を上げると、凄艶な笑みを浮かべた。

「まさかこれで終わると思っているわけじゃないだろう？」

色を帯びた声音に、腰の奥がずくん、と脈動した。

フェレンツの目が淫猥に細まる。

「きみの性器はとてもきれいだから、毛がなくなると子どものようだ」

ただでさえ赤い頬が、さらに林檎《りんご》のように染まる。

「可愛いよ」

剃ったばかりの下腹に、ちゅ、と口づけられる。ぴくりと陰茎が動いたのが、自分でも忌まわしかった。

「昨日よりもっと気持ちいいことを教えてあげよう」

フェレンツがミハイの後腔の横に親指を置き、ぐっと左右に引く。

くぱりと口を開いて露出された繊細な襞に、尖らせたフェレンツの舌先が潜り込む。

「ひゃっ……！　や、やだ……！　いやです、そんなところ……！」

陰茎を咥える愛撫の仕方を知ったときよりも衝撃だった。

そんな行為、神さまだってお許しにならない！

「いやっ、やだ！　おねが……、お願い、やめて……！」

夢中でフェレンツの頭を押し返そうとするものの、後腔から陰嚢の間の敏感な皮膚をきつく吸われると力が抜けた。

体の内側をぐるりと舐められると、あまりの悦《よ》さに身悶えた。

蕩けるような快感と羞恥に揉みくちゃにされて、こらえようもなく涙が零れた。

「う……、う……、ひっ、く……」

子どものように泣きじゃくり始めたミハイを、不思議そうな顔をしたフェレンツが立ち上がって抱きしめる。

「どうして泣く。気持ちいいだろう」

気持ちいい。だから嫌だ。気味が悪いだけだったら、蹂躙《じゅうりん》されていると思うだけで済むのに。気持ちいいから罪悪感に苦しめられる。

「……うして……」

「ん？」

涙で濡れた目でフェレンツを見る。睨みつけると言うにはあまりにも弱々しい瞳で。

「どうして……、ぼくなんですか……。あなたと寝たい人なんて他にたくさんいるでしょう。なのに、なんで……」

どうしてフェレンツはこんなことを。

ただ抱きたかっただけ？

でもわざわざ王の近くでなんて危険を冒すことはなかったはずだ。なぜあんな場所でミハイを犯した。

部屋に戻ってからも薬の影響は残っていたようで、フェレンツの熱を思い出しては後蕾が疼いてろくに眠れなかった。

恥知らずにも昨夜は自分でそこに触れて慰めてしまったことを想い出し、自分のだらしなさに屈辱を覚えて唇を噛んだ。

フェレンツは少し首を傾けて、ミハイをじっと見た。自分の内側に向かってなにかを探すような表情だった。ややしてぽつりと呟く。

「なんで……？　欲しくなったから」

目の前に欲しい花が見つかったから、手を伸ばして摘んでみた。そう言っているように聞こえる。

「だから……、どうして欲しくなるんですか、ぼくなんか……」

ミハイの目を覗き込んだフェレンツが、まぶたの切れ込みに沿って溜まった涙を舌先で拭う。

「ん……」

濡れた感触は意外なほど温かかった。

「きみこそ……、どうしてわたしの心の中に入ってきた」

問われても、答えられなかった。

それはミハイのせいなのか。

「歌うのが好き？」

一瞬、尋ねられたことがわからなかった。

紫色の瞳が、自分を見つめている。

「歌うのが好きか、ミハイ?」

「……はい」

どうしてそんなことを聞くのだろう。

「オペラ劇場の舞台に立って歌いたい?」

それは、昨日劇場でも尋ねられたことだ。

自分はこう答えた。

「目標にしたいです……」

ミハイの耳の奥にあの力強い歌声がよみがえった。

そして希望が湧いてくるのを感じる。

ここでどんなに辛い目に遭おうと、いつか歌手として舞台に立ちたい。たとえあの大劇場でなくとも、自分も誰かに感動を与えたい。

くすんでいた心に光が射《さ》す。

フェレンツは眩しげに目を細め、ミハイを抱きしめた。

「目標、か……」

小さく呟いてミハイの言葉を繰り返す。そしてひとり言のように呟いた。

「わたしには目標なんかない。きみが眩しい、うらやましい」

困惑するミハイの体を抱きしめたまま、フェレンツは自身の雄を握ってミハイの淫孔を探り当てる。

「あ……」

熱塊をぐっと押し込まれて、フェレンツの腕の中でのけ反った。

フェレンツに舐め蕩かされていたそこは、従順に男根を呑み込んでいく。

「あ、あっ、あああっ……、や、あ……っ！」

昨夜道すじをつけられたばかりの粘膜はまだ熱塊の感触を覚えていて、奥を甘くこねられると悦んでしゃぶりついた。

「きみは……、とてもきれいだね、ミハイ。わたしにはないものばかり。そんなにきれいな目をしているから欲しくなる。放して欲しかったら、わたしと同じところまで堕ちておいで」

言われている意味がわからない。

「きみのせいだ。きみがいけない。きみとはこんなこと、するつもりなかったのに。……なのに、わたしから逃げようとなんてするから……！」

フェレンツの言葉を考えるより早く、狂おしく始まった突き上げに思考はぶつぶつと途切れてしまった。

「ミハイ、少し顔色悪いみたいだけど？」

レヴィが小さく首を傾げてミハイを覗き込む。

青い瞳が心配そうに瞬かれ、ミハイはぎこちなく笑顔を作った。

「あ……、うん。二日酔い、かな……。昨夜オペラで興奮してるところに慣れないお酒飲んで酔っちゃったから……」

「そう。じゃあ呼び立てて悪かったかな」

「ううん、そんなことない。会えて嬉しいよ」

レヴィの顔を見ると気が安らぐ。彼のことはよく知らなくても、同国人というだけで親近感がある。

「渋めのお茶淹れるね。ピシュテヴァーンから取り寄せた美味《おい》しいお茶があるんだ。ごめんね、楽にしてて。なんなら寝椅子に横になってていいから」

「ありがとう」

レヴィに茶に誘われて部屋を訪問している。

フェレンツに抱かれたせいで体が軋んで動くのは辛かったが、一人でいるとまた彼が戻ってきそうで、レヴィの誘いに応じて部屋を出てきた。

昨夜に続けて今日も彼に体を奪われたことに恐怖して、両手で顔を覆って下を向いた。

ティーポットとカップを乗せたトレイを手に、レヴィが戻ってくる。

「ミハイ？　大丈夫、具合悪いのかな」

「え。あ、ううん。ごめんね、違うんだ。大丈夫」

ミハイは慌てて両手を振った。

話題を自分から逸らしたくて、部屋の中をぐるりと見渡しながらしゃべる。

「落ち着いてるね、この部屋。レヴィの趣味？」

ミハイの部屋は明るい色調の絨毯《じゅうたん》や家具で揃えられているが、レヴィの部屋は暗褐色の絨毯に家具も濃茶の渋みのある色合いだ。レヴィのような若い子が好む色とは思えないが。

「うん。こういう部屋の方が馴染むっていうか、好きなんだよね。どうせ過ごすなら居心地いい空間がいいでしょ」

人の好みはそれぞれである。

「あんまり他人に部屋に入られるのも好きじゃないから、部屋つきのメイドも断って掃除も自分でしてる」

「え」

だから自分で茶を淹れたのか。

ミハイの部屋なら、メイドが茶を淹れて世話をしてくれるから不思議だと思ったのだ。

「あ、じゃあぼくが遊びに来たのも迷惑だったかな。どこか別の場所に移動する？」

レヴィはおかしそうに破顔した。

「やだなぁ、ミハイはぼくが呼んだんだよ。迷惑なわけない。ほんと素直でいい子だよね、ミハイは。迷惑なのはぼくのいない時間にメイドや他人が出入りすること。ぼくは自分の空間は自分で支配したい性格なんだ。ぼくの部屋に勝手に入っていいのは陛下だけ」

そうなのか。ならばよかった。

レヴィはふと笑うのをやめると、じっとミハイを見た。

「部屋に入ってくるとき、少し歩きづらそうに見えたね」

ぎく、と顔が強ばった。

歩けないほどではないが、鈍痛と脚の間になにか挟まっているような違和感が抜けないでいる。

「そ、そう、かな……、べ、つに、なんでも……」

嘘のつけないミハイは、とっさに上手にごまかすことができない。

レヴィは探るようにミハイを見たが、

「そう。ならいいけど」

やさしく笑った。

ほ、と息をつく。無垢な体でなくなってしまったことに気づかれなかったろうか。

レヴィはテーブル越しに肘をついて身を乗り出すと、切り揃えた髪をさらりと揺らしながら頬杖をついた。

「ねえ、ミハイの故郷ってどの辺り？　黒髪だから南の方かな」

「うん。トローレントっていうんだけど。すごく田舎だよ。本当に土地が広いだけのなにもないところだけど、森と湖がきれいで、空気がすごくいいんだ」

「トローレント。一度だけ行ったことあるよ、いいところだよね」

「ほんと？」

自分の父の土地に来てくれたことがあると聞いて嬉しくなった。

「だからミハイはのんびりしてて素直なんだね。あの土地にぴったり。あそこで育ったんだって言われたら納得する」

ぱ、と顔が赤くなった。

あの土地の人間らしいと言われて嬉しいのと、田舎育ちで洗練されていないところが教養不足で気恥ずかしいのと。

「レヴィは？　金髪に青眼だから王都か北の方かな」

ピシュテヴァーンはラスロの侵攻を受けたときに王都に攻め込まれ、当時の王族が根絶されてラスロの支配を受けたときに王政がなくなった。

以来王都は首都となり、ラスロから派遣された貴族たちが政治を担っているが、国の民はいまだに王都と呼ぶことがある。特に首都から離れているミハイの故郷辺りではみな王都と呼ぶのが常だ。

「ぼくは色々な土地を巡っててあちこち点々としてたから、どこで育ったっていうのはないかな」

「へえ」

旅をする部族か両親に連れられていたのだろう。

「楽しそうだね」

国中を巡るなんて聞いただけでわくわくする。そういう経験も一度くらいしてみたい。

「うん。なにも知らなかったからね、ぼくはすごく楽しかった。両親にしてみると、小さい子どもを抱えて放浪なんて大変だったんだろうけど」

ふとレヴィの瞳に悲しげな光がよぎった気がした。

ほんの一瞬で、愛くるしい笑顔に飲み込まれてしまったけれども。

単純に楽しそうなどと言ってしまったが、旅はむしろ危険が多い。目的地のある数回程度の旅ならともかく、生活そのものが放浪なら不自由なことが多かっただろう。自分は無神経なことを言ってしまったかもしれない。

「ごめんね、なんか楽そうみたいな言い方して。楽しいこともたくさんあるけど、大変なことも多かったよね」

レヴィはきょとんとミハイを見たあと、やがてくすくすと笑いだした。

「やさしいね、ミハイって。すごくいい人。一緒にいると安心するな。大丈夫、本当にぼくは楽しかったよ。旅の途中で狼《おおかみ》に襲われたときだって……、まあ助かったから言うんだけど、ぼくにとってはどきどきする経験のひとつでしかなかったもん」

「狼に！」

すごい、父親が戦ったんだろうか。

「うん、狼以外にも獣はいるし、森での野営はけっこう緊張したなぁ。でも採った木の実や果物をその場で食べたり、一日中のんびり魚釣りすることなんかもあって、楽しかったな」

レヴィの体験談を聞くだけで心ときめいた。

立ち寄った村での祭りに参加してそこの少女と踊ったこと、兎《うさぎ》を獲《と》るための罠《わな》の作り方、ときには森の中で迷子になってしまって半日も泣きべそで過ごした想い出。

どれもミハイには知らない世界で、聞いているだけで自分も同じ体験をしたようにわくわくした。

レヴィも想い出を語るのが楽しいようで、面白おかしく聞かせてくれる。

自分が語るだけでなく、合間合間にミハイに話を振って、ミハイ自身のことも上手に聞いてくれる。年下とは思えない気配りぶりに、頭のいいやさしい子なんだなと思った。

「すごくたくさんの経験をしてるんだね、レヴィは」

「そうだね。とても……、長い間旅してたから。その間に両親も亡くなったしね」

そうだったのか。

普通の子どもよりもたくさんの経験が、彼を歳より大人びた性格に見せるのだろう。先ほどの悲しげな瞳も、きっと両親の死を思い出したからだろう。

年上の自分が暗い顔をして、気を使ってもらってばかりいるわけにいかない。自分ができることなんて少ないけれど。

「レヴィ、一緒に花を育ててみない？」

「花？」

うん、と頷いた。

「旅をしてたら花を育てるってできなかっただろうけど、せっかくひとつところにいるんだし。ぼく、家では母が薔薇を育てるのを手伝ってたんだ。バルコニーの少しのスペースでもいいから自分で育てると、なにかを世話してるって気になって充足感が出ると思うんだ」

毎日水をあげて、伸びていく茎の先に蕾を見つけるときの喜び。

花が可憐《かれん》に咲いたときは嬉しくていつまでも見つめてしまう。

レヴィはその図を想像したのか、まさに花のように顔をほころばせた。

「うん、いいかもね。考えたことなかった。なんの花がいいかな」

「そうだね……、クレマチスとか？　青い色のきれいな花だよ。ここはよく日が当たるし、初めてでも育てやすい花だと思う。今は暑い時期だから、もう少し涼しくなったら植えつけようか」

「楽しみにしてる」

小さな未来の約束。

そんなものでも、この宮殿生活で生きていくための力になる。

目を見交わすと、互いに自然にほほ笑みが浮かんだ。レヴィとはもう友達だ。

「お昼はバスケットを持って庭園に行こうか」

「うん」

メイドにお願いしてバスケットにサンドイッチを詰めてもらおう。

「じゃあぼく、お願いしてくる」

立ち上がったとき、ノックもなく急に部屋のドアが開いた。

「いるか、レヴィ」

「陛下」

扉を塞ぐように立った王の姿を見て、二人は急いで床に片膝をつく。

王はぎろりと睥睨《へいげい》すると、口端をつり上げた。

「ミハイもいたか」

王は寝椅子の上にどさりと腰を下ろすと、二人を眺めた。

威圧感と緊張で指先が冷たくなる。王の迫力は圧倒的で、体から発散される空気に押し潰されてしまいそうだ。いつもより空気が鋭い気がする。

「急だが属国で反乱を起こしている愚民どもの討伐に出ることになった。しばらく留守にする」

それでか、と思った。

王の纏う空気が斬れそうなのは、戦への気概を燃やしているからだ。

「その前におまえを抱きに来た」

レヴィは顔を上げると、妖艶なほほ笑みを作った。先ほどまでの無邪気な彼とは違い、こんな表情は妖婦のようだ。

「今回もぼくは連れていってもらえないんですか、陛下。お疲れになったお体を毎晩癒《いや》して差し上げたいのに」

「連れていけぬな。おまえに万一のことがあったらどうする。気に入りの小鳥は大事に籠に入れておくもの。討伐には旅の無聊《ぶりょう》の慰めと伽のために、カナリヤを一羽連れていく」

ぎくりとした。

もしやミハイを？

自分は伽の相手としてはふさわしくない。でももしかして、とうとうそちらも求められるのか。

全身にじっとりと汗をかいた。

フェレンツとしたような行為を、王と？

考えるだけで足もとまで血が下がっていく。

（嫌だ）

だって、あんなことは相手がフェレンツでなければ到底耐えられない。フェレンツ以外の手に触れられると思うと嫌悪する。

――フェレンツだったらいいのか？

自分の思考に愕然とした。

意に沿わず薬を飲まされ体を奪われたのに。恥ずかしいことを言わされ、ミハイの気持ちなんか無視されて軽く扱われたのに。

こんな気持ちはきっと違う。

初めて自分に触れたのがフェレンツだから、他の手が気持ち悪いと思うだけ。自分の常識では、ああいうことは複数の人間とするものではない。だからいちばんに触れたフェレンツ以外に拒否感を持つだけだ。

だから――王となんて嫌だ。

王は顔色を失ったミハイを指で招いた。

ミハイはびくりと竦んで、横目でちらりとレヴィを見る。

レヴィはなんの感情も窺《うかが》えない表情をしていたが、「行って」というように軽く目くばせをした。

そろそろと身を起こし、ぎこちない足取りで王の側近くに寄る。

「あ……っ」

王は近づいたミハイの腰をぐっと抱くと、軽々と膝の上に乗せて腕の中に閉じ込めた。

大柄な男に抱き竦められて、体が硬直する。

生々しい体温と頬にかかる息遣いが怖くて気味が悪い。同じ男でもフェレンツの優雅な肢体とはまったく違う。

大岩のごとく鍛えられた、雄の匂いに塗れた剛健な男の体だ。ミハイのような痩軀の持ち主は、それだけで萎縮《いしゆく》してしまう。

王はのど奥で低く笑った。

「そんなに硬くなるな。男が怖いか。おまえほどの美貌であればとっくに男を知っている歳だろうに、本当に無垢とは愛らしいものよ」

心臓が飛び出るかと思った。

知られてしまったらどうしよう、と急速に恐怖が募っていく。

王がミハイを気に入っているのは、恋を、肉欲を知らぬ体であると信じているからだ。それなのに自分は——。

王がミハイのこめかみに厚い唇を押しつける。生暖かい唇の感触に総毛立った。

ごつごつとした手はミハイのシャツをたくし上げ、裾から無遠慮に忍び込んで脇腹を撫で回した。

「あ……」

乾いてざらざらとした手のひらが、ミハイの肌を確かめるようにゆっくりと摑んでは撫でる。少しずつ上がってきて、胸粒に触れようとする瞬間に思わず王の手をシャツの上から押さえた。

「お、お許しを……！」

知られたらどうしよう、怖い。フェレンツ以外の男の手が吐きそうなほど気持ち悪い。だがそんな態度は余計王を煽ってしまったようだ。

「逆らうな」

王の息遣いに興奮が混じる。

「最後まで奪いはしない。討伐には別のカナリヤを連れていく。楽しむ前に万一斬り殺されでもしたらもったいないからな。今は愛しい俺の小鳥の体を眺めるだけだ。まだ俺はおまえの肌を見ていない。隅々まで俺に見せてみろ」

知られてしまう。

姦淫《かんいん》の痕はミハイの後蓄を見ればわかってしまうだろう。

どうしよう、どうしよう。

どうすればいい？

恐怖で頭の中がぐちゃぐちゃになった。なにも考えられないうちに、大きな手はミハイのシャツを引き剝《は》がそうとより大胆に肌を移動する。

自分一人の話ではない。国に、故郷に怒りを向けられたら。

このままでは——。

「ひどいです、陛下」

愛らしく拗《す》ねた声音が割り込んだ。

気づけばレヴィが王の肩にしなだれかかり、王の頰に手を当てて顔を自分の方に向かせていた。

「ぼくを抱きに来てくれたのに、カナリヤばっかり構って。ぼくの目の前でそんなことをするなら、あなたがいない間に浮気してしまいますよ」

唇を尖らせた顔は、ミハイですら照れてしまうほど可愛らしい。

王はにやりと笑うと、レヴィの小さな頭を抱き寄せた。

「放っておかれるのは嫌か」

「もちろんです。ぼくが愛しているのは陛下一人なのに、陛下は色々なところに愛を振り撒

かれる。ぼくは寝ても覚めても陛下のことしか考えられないのに」

レヴィの瞳は真っ直ぐに王を見つめていて、真剣に愛を乞うているように見える。

もしや、レヴィは本当に王を愛しているのだろうか。

「三人でするのはどうだ」

耳を疑うような王の提案に、レヴィはむずかるように首を振った。

「そんなの嫌。しばらく陛下に会えないなら、せめて今は独り占めしたいです。他の人に目を向けるあなたを見たくない」

そして自ら王の唇に口づける。

「妬《や》かせないでくださいませ……」

王はすぐにミハイから手を離すと、レヴィとのキスに夢中になった。

間近で聞く、舌同士を絡め合う音がいたたまれない。

「陛下……、ん……、ね、がまんできない……、はやく……」

レヴィは王の手を自分の体に導いて、抱いてくれと懇願する。

二人から弾き出される形になったミハイは、どうしていいかわからずおろおろとその場で立ち竦んだ。

「いらっしゃらない間のぶんも……陛下……、いっぱい愛して……。帰ってくるまでベッドから起き上がれないくらい、いっぱい陛下の……」

王は子猫が鳴くような声で甘えたレヴィを寝椅子に押し倒す。

もうミハイなどいないように愛し合い始めた二人の横で呆然とするミハイに、レヴィが王の体の下からそっと手を振る。

出ていけ、と促す手つきに、邪魔にされているのではなくミハイを助けてくれたのだとわかった。

飛び出すようにレヴィの部屋を離れ、熱くなる頰を押さえて自室に逃げ帰る。

扉を閉めて、ベッドに崩れ落ちてからようやく落ち着いてきた。

でもどうしよう。自分は無垢ではなくなってしまった。王に知られたら確実に殺される。

それにあんなにもフェレンツ以外の体温を受けつけられないなんて……。

もうフェレンツに関わってはいけない。これ以上の関係を繰り返してはいけない。

二度と繰り返さなければ、きっとなかったことにできるはず——。


王が討伐のための遠征に出て数日。

王からの呼び出しがないのを幸い、ミハイは自室に引きこもって過ごしていた。

出歩けば、いつどこでフェレンツと顔を合わせるかわからない。彼の手管の前には自分など木の葉よりも簡単に揺り動かされてしまう。

薬の後遺症はないとフェレンツは言ったけれど、彼との行為を思い出せば体が渇いて慰めを欲してしまうのは、きっとあの薬のせいなのだと思う。

フェレンツは薬を使い慣れているから効きが弱いだけで、ミハイのように初めてならおそらくこうなるのだ。

おとなしくリビングで歌の練習をしようと思うのに、せっかく膨大に用意してある楽譜もちっとも頭に入ってこない。

王の御前に出るために、この国の歌や新しい歌を覚えたいのだけれど。

いつもなら友人のように頭の中で跳ね回って音を届けてくれる楽譜が、ただの記号の羅列にしか見えない。

諦めて楽譜を机に置いた。

ふう、と息をついて寝椅子に寝転がる。

気分転換にジジと遊ぼうと思ったのに、そんなときに限っていたずらな子猿は姿を消してしまう。

「…………」

ぼんやりするとついフェレンツのことを考えてしまう。

あの瞳。

人とは思えないあの紫の瞳がいけないのだ。ミハイから一切の抵抗を奪い、彼の傀儡《くぐつ》に変えられてしまう。

思い出すとまたじんわりと下半身が熱を持ち始めた。

「ばか……っ」

自分を詰《なじ》るが、下肢はますます張りつめる。

フェレンツに会う前までは、積極的に自慰をしたことはなかった。

だが体が快感を覚えてしまった今、排出しなければ収まらないことをわかっている。

ジジが遊びに出ていて部屋にいないのを幸い、そろりとボトムに手を忍ばせた。

強ばり始めた肉茎を握ると、手の中の塊が期待に膨れ上がった。

「んっ……」

窮屈なボトムの中で、自分のしていることを見ないようにしながら手を上下に動かした。

「あ……、く、う……ん……」

息が荒くなる。

ばかだ、浴室に行けばよかった。このままではボトムの中に射精してしまう。

でも今やめて移動するなんてできない。

手で受け止めなければ。

「あ……、あ……、ああ……」

熱の出し方を覚えた体は素直に高みに向かって駆け上がる。

まぶたの裏側に光が瞬《またた》いて、爆発しようとしたとき。

コン、コン。

とドアをノックする音に魚のように体が跳ねた。

「は……、はい……」

慌ててボトムから手を抜いて返事をすると、部屋つきメイドの冷たい声がした。

「ミハイさま、入ってよろしゅうございますか」

「あ、あの……、すみません、着換えの最中で……。もう少しあとにしてもらってもいいですか……」

うろたえて返事をした。

解放できなかった雄茎はボトムの上からでも突っ張っているのがわかってしまうだろうし、寝転がっていたせいで髪も乱れている。用事なら昂りを落ち着かせて、髪を梳いてからにしたい。

メイドはそれ以上返事をしなかったので去ってしまったと思ったのだが。

しばらくして、がちゃがちゃ、と鍵を回す音で飛び上がった。

鍵はかけてあるが、部屋つきメイドは鍵を持っている。けれどミハイの許可なく鍵を開けて入ってくるなんて通常ならばあり得ない。

信じられない思いで扉を凝視し、入ってきた人物を見て目を見開いた。

「わたしたちの友人がわたしを呼びに来てくれたから、ありがたく招待に応じさせてもらった」

フェレンツ――！

肩にはジジを乗せている。姿が見えないと思っていたジジは、フェレンツの部屋に遊びに行っていたのだ。

夜の彼とは違い、楽そうなシャツに黒のボトムを身につけたフェレンツが後ろ手に扉を閉めた。

扉が閉まる直前、向こう側に見えたメイドの目が冷たくて身震いする。

なぜ彼女はフェレンツを部屋に入れた？

誰とも会いたくないと部屋に籠もり、メイドにも人が来ても通さないようお願いしておいたのに。

「なんで……」

彼女は扉を開けたのか。

青ざめるミハイに魅力的な笑みを作り、フェレンツは両手を広げた。ミハイの疑問をわかったように答えを口に乗せる。

「きみの可愛いメイドはわたしに夢中なんだよ。キスひとつでなんでも言うことを聞いてくれる」

この悪魔のキスでメイドはミハイを売ったのだ。

貴族同士の裏切りなど、宮殿ではよく耳にする。けれど自分にもそんな裏切りが降りかかってくるなんて思ってもいなかった。

外側から鍵をかける音がして、ぞ、と背筋が震えた。

急いで扉を開けなければ、フェレンツから逃げられない。鍵を開けている間に捕らえられてしまうだろう。

「来ないで!」

こちらに歩き始めたフェレンツに向かって叫ぶ。

ジジは二人が喧嘩《けんか》をしていると思ったのか、「キ」と小さく鳴いてフェレンツの髪を引っ張った。

構わず歩を進めるフェレンツの脇を通って逃げようとしたが、腕を摑まれて抱き寄せられてしまった。

「離してください!」

暴れるミハイを背中から抱きしめ、フェレンツは鼻先をミハイの首筋に埋めた。

「叫んでも誰も来はしないよ。カナリヤの部屋が防音に優れていることは知っているだろう」

そうだ。

カナリヤの部屋は贅沢な広さも取ってあるが、ここで歌の練習もできるように他の部屋よりも壁がずっと厚くできている。

つまり、ミハイがなにをされてもわからない——。

「可哀想に、ジジも怯えてしまう」

肩を通ってミハイの胸に移動したジジは、シャツを掴んでぶら下がり、不安げな顔で見上げる。ミハイは眉を寄せながらジジを抱きしめた。

「なに……、するんですか……」

もはや大声に意味はないと思うと、自然に声に力がなくなった。

「きみにプレゼントを持ってきたんだ」

うっとりとした声音で、フェレンツが囁く。

プレゼント?

「あのカナリヤ……、覚えているかい?　劇場できみを睨みつけたあの子」

少女の敵愾心に燃えた目を思い出す。

「今朝がた、自殺未遂を起こして宮殿を出ていった」

愕然とした。

「な、なんで……」

声が震える。

フェレンツは目を閉じて、愛しげにミハイの首に口づけた。

「快楽に溺れている間は、人は口が軽くなる。簡単に白状したよ。きみを襲わせたりするから……。だからわたしに夢中にさせて、捨ててやった。わたしを繋ぎとめたくて自分の命を盾にするなんて……。滑稽《こっけい》だね、わたしは彼女のことなんかなんとも思っていないのに」

信じられない。

「あの子が使った男の手にジジがつけた傷跡も確認した。あの子は男がいないとダメな性質でね。きみを襲った使用人の男とも関係を持っていた。もちろんあの男も始末したよ」

抱き竦められたままのミハイの体から血が下がっていく。

この悪魔は……。

「もう安心して庭園を歩けるよ、ミハイ。嬉しいだろう。またあそこで歌声を聞かせておくれ」

人の命すらなんとも思っていない。

「なにが……、目的で……」

喘ぐようにやっと尋ねるミハイに、フェレンツは嬉しげに目を細めた。

「どうしてもきみが欲しいから」

「いや、です……」

怖い。

フェレンツの声音が小さな子どもに言い聞かせるようなものに変わる。

「頑固だね。だったら諦めやすくしてあげよう。きみがおとなしくわたしの言うことを聞くなら、わたしと関係を持ったことは王に秘密にしていてあげる」

あまりに理不尽な言葉に愕然とした。

なんてことを言うのだ、この人は。

驚愕で声を失ったのち、だんだんと怒りがこみ上げてきた。

「あ……なたが……、無理やり、ぼくを……、抱いたんじゃないですか……！」

怒りで声が掠れる。

フェレンツは楽しげに笑いながら耳に息を吹き込むように囁く。

「そうだったかな。きみは自分から挿れてくれと腰を振ったんだよ。覚えているだろう、鏡で自分の可愛い顔を見ながら言ったことを」

ぞくん、と背中が震えた。

情欲に濡れた自分の唇が、はっきりとねだったことを覚えている。

「そんなの……、薬のせいで……」

フェレンツはおかしそうにくっと息を漏らした。

「薬と言っても、大した効果のものじゃない。初めての子相手にそんな危ない薬はさすがに使わないさ。あれはきみが、自分でわたしに感じたんだ」

「そんな……」

フェレンツの性技は巧みだった。簡単にミハイの感じる場所を探り当て、欲望を引きずり出し、逃げ道を塞ぐように次々と淫戯を施された。

「本当だよ。では聞くけれど、あれ以来わたしにされたことを思い出して体が火照ったことはないか？　薬の効果はとっくに切れている。薬のせいだと言い切るなら、その後そんなふうになることはないはずだね」

心当たりがありすぎて、呆然と床を見つめる。現に今だって、ボトムの下の陰茎はまだ首をもたげたままなのである。

フェレンツはたたみかけるように言葉を継いだ。

「きみが一度もわたしの指を、熱を思い出さなかったというなら諦めよう。わたしにされたことを思い出して自分を慰めたことは？　もししたことがあるなら、きみも同罪だ。ないなら今すぐ解放してあげる。答えて、ミハイ」

ないと言い切ってしまえればいいのに。

嘘をつくことはひどい不実であると、厳格な両親に子どもの頃から言い聞かされた。誰にも言えないことなら一生口をつぐめと教えられてきた。

けれどこの場合、沈黙は肯定なのだ。

なにも言えずに下を向いたミハイに、フェレンツは笑みを深くする。

「悪いことじゃない。人間の体は快楽を求めるようにできてるんだ。それを抑圧する方がどうかしている。可愛いミハイ、きみにはもっともっと気持ちいいことをたくさん教えてあげよう。きみはもうわたしのものだ」

首筋に口づけられ、終わりのない悪夢に足もとからずぶずぶと呑み込まれていくようだった。

人目につかない庭園の奥のガゼボの中で、二人分の吐息が夜闇に溶ける。

「ん……」

フェレンツに抱き竦められたまま、ミハイは口づけを受ける。

いつもより激しくて、舌をきつく吸い出されてつけ根が痛くなった。

「つ……っ、……たい、いたい、フェレンツ……」

胸を押して離れようとするが、ますます強く抱きしめられる。

フェレンツの瞳に妖しい光が宿ったのが、ガゼボに置かれたランタンの灯りの中でもわかった。

「昼間、庭師に肩を抱かれていたろう」

冷たい声が唇に触れる。

「あれは……」

外で歌の練習をしていたミハイに向かって蜂《はち》が飛んできたから、たまたま近くにいた庭師の男がとっさに引き寄せてくれただけだ。

触れられていたのだってほんの数秒にも満たない。

だが言い訳などさせてもらえず、歯列を割って強引に舌が潜り込んできた。

「んぅっ……！」

フェレンツの気が済むまで蹂躙され、やっと呼吸を許されたときは、酸欠で脳がくらくらしてしまっていた。

フェレンツはミハイにくるりと後ろを向かせ、ガゼボの石柱を抱えさせるポーズにした。

「なに……、あっ！」

石柱を抱いたまま両手首をタイでまとめて縛られ、動けないよう拘束された。

「な、なにするんですか……？」

ミハイのボトムを下穿きごと引き下げられ、白い双丘が夜闇に浮かぶ。

秘めるべき部分を晒されて、風に嬲られた陰茎がふるりと揺れた。

「や……、いやだ、フェレンツ……！」

こんなところで！

誰が通るかわからない。

いくら宮殿の庭園が夜は恋人たちの密会の場所に変わろうと、あちこちで抱き合っている人間がいようと。もっと言えば、互いの存在を意識して見せ合ってすらいるような人たちがいると知っていても。

ミハイは誰かの目に晒しながら情交をしたいと思わない。だからいつも誰にも見られない物陰か室内でとフェレンツに頼んでいる。

「庭師に見られたら困るからか」

「違う……！」

「なら、そうではないことを証明してもらおう」

フェレンツのミハイに対する独占欲は日に日に強くなる。

最近ではこうして嫉妬めいた言葉でミハイを責めることも多い。ともすれば王の呼び出しにすら不愉快げな顔をするくらいだ。

もう何度フェレンツと肌を重ねただろう。フェレンツの手管に翻弄され、命じられるまま様々な体位で雄を受け入れる。

すっかり慣らされた体は、キスだけで濡れそぼってしまう。たったこれだけの接触で下腹がむずむずしてしまっている自分が浅ましくて下を向いた。

フェレンツは舌でミハイの耳朶をゆっくりとなぞる。

「見せつけてやろうか。無垢なはずの王のカナリヤは、わたしによって淫乱に囀る小鳥に変わったことを」

ミハイの背にぴったり覆い被さるフェレンツの艶を持った声が耳孔に忍び込んでぞくぞくした。

普段はまるで愛しい恋人を可愛がるように甘やかす。蕩けるようなキスと、やさしい波のように繰り返される可愛いという囁き。巧みな指はミハイの快感優先で何度も高みに上らせてくれる。

だがこういう態度になったときのフェレンツはミハイを支配したがる。

柱にしがみつく形で上半身を預け、フェレンツに向かって尻を突き出す。しゃがみ込んだフェレンツが双丘を割る手の熱さに、ミハイの脚がびくりと震えた。

フェレンツの息が、繊細な襞にかかる。

「傷がついているわけではなさそうだ。けれど中はわからないな」

検分されていると思うと羞恥で酸欠になりそうだ。

「浮気をしていないか確かめさせてもらおう」

「……？」

立ち上がったフェレンツが手にしたなにかを、ミハイの口もとにあてがう。冷たく硬い感触が唇に当たる。

それは指が回る程度の太さの、棒状の透明なガラスだった。

冷たい石柱に火照った頰を当てたまま、それを口の中にねじ込まれる。

「ん、ぅ……」

わからないまま咥えさせられ、口中を擦るように出し入れされる。ミハイの小さな口にはいっぱいいっぱいで、のどの奥に当たりそうになるたびに涙が滲んだ。

「ん……、ん……」

ガラスを滑って、唾液が唇を濡らす。咥えさせられたままシャツの上から胸粒を弄られ、白いのどを反らせてわなないた。

ずるりと引き出されると、ガラスと唇の間に透明な糸がアーチ状に引く。は、は、と短く息をついてくらくらし始めた頭に酸素を送った。

猥《みだ》りがましい笑みを浮かべたフェレンツが、見せつけるようにガラスの棒に舌を這わせる。鮮やかな肉の色がガラスの向こう側にぺたりと巻きつくのが、たまらなく卑猥に見えた。

「充分濡らしたから痛いということはないと思うが、あまり締めつけないように」

「な……に……、っ！　やっ……、やぁ……っ！」

ミハイの背後で膝をついたフェレンツが、ガラスの棒を後蕾に呑み込ませていく。

突起もない棒状の異物は、大した抵抗もなくずぷずぷとミハイの中に沈んでいった。

フェレンツがミハイの脚の下にランタンを移動する。灯りで自分の下半身が余すところなくフェレンツの目に晒されて、羞恥で脚を閉じようとした。が、かえって咥え込んだガラスをぎゅっと締めつけてしまう。

雄肉とは違う硬質な感触に、異物を挿入されているのだと嫌でも意識する。

「あああっ！　あ……、ああ、フェレンツっ、フェレンツ……！」

無慈悲なほど硬質で温かみの欠片もない。それなのに滑らかなガラスが往復すると、慣らされた粘膜は悦んで媚びようとする。

くすりとフェレンツが笑う声が聞こえた。

「きみの内側がはっきり見えるよ。傷はないようだね、とてもきれいだ。疑って悪かった」

ひく、とのどが震えた。

ガラスを通して生々しい舌が見えたのを、瞬時に思い出す。あの状態で自分の肉筒を観察されているのだ！

「いやぁ……っ！」

フェレンツの瞳にどんなふうに映っているかを想像するだけで、脳が焼き切れそうになった。少しでも視線から逃れようと、石柱に抱きつく形で腰を引く。

「はあ……っ、あ、なか、やだ……、見ないで……！」

揺れ動く陰茎の先端が石柱の表面を掠ったとき、目の奥で火花が弾けるような快感がミハイを貫いた。

びくんびくんと揺れる陰茎から数度にわたって放たれた白蜜が石柱にかかった。

「あ……、ぁ……、は、ぁ………」

石柱に垂れていく白濁を霞む目で見て、拭かなきゃ、と思った。

でも脚に力が入らない。

石柱にもたれたまま荒い息をついていたミハイの目に、信じられないものが映る。

フェレンツは柱を伝うミハイの劣情を舐め取っていた。

驚いて思わず声を上げる。

「な、なにして……！」

「きみの出したものは全部飲んであげるつもりだから」

ミハイの精を舐めるフェレンツの瞳が官能に濡れている。

「美味しかったよ」

すべてを拭い終わったフェレンツは、壮絶と言っていい色香の笑みを浮かべた。

「その代わり、わたしの精は全部きみの中に吐き出させてもらう」

立ち上がったフェレンツはガラスを抜き取ると、代わりにぐっと男根を押しつけてきた。

石柱とフェレンツの胸板に挟まれる格好で突き上げられると、身長差も相まって体が浮いてしまいそうになる。

「やっ、あ……、足が、つかな……、フェレンツ……っ」

男に串刺《くしざ》しにされた部分だけで体重を支えるなんて無茶だ。

つま先立ちで震えるミハイの片腿を、フェレンツがすくって持ち上げた。

「ほら、カナリヤだろう？　いい声で啼いてごらん」

声を殺す余裕がない。

「ああ……、ああ、フェレンツ………！」

大きく脚を開いたことでより密着が強くなり、肉同士がぶつかり合う激しい音が立つ。

脚の間で勃ち上がった陰茎と双嚢が突き上げに合わせてぶらぶら揺れるたび、得も言われぬ官能に引き込まれていく。

後ろからミハイの顎を摑んだ手に強引に振り向かされ、苦しい体勢でキスを受けた。

「ミハイ……、可愛い……、この唇にも、わたしの精を注いでやりたい。体中わたしで満たして、内も外もわたしの匂いにしてやりたい……」

もうとっくに、フェレンツの匂いに塗れてる。

揺さぶられながら口づけられ、口中に広がる青臭い味わいに胴震いした。

——自分の精液を味わわされてる。

ミハイの常識をはるかに超えた異常な行為に、もう拒絶の言葉すら発せなくなっている。

うっとりとミハイを貪るフェレンツに、思考のなにもかもを手放して、自分からも舌を絡めていった。


ふと目を覚ますと、ベッドの中で背中からフェレンツに抱きしめられていた。

あのあと部屋に戻ってもう一度抱かれ、意識を失うようにして眠ってしまった。

ミハイの部屋にノックもなしに入ってくる資格があるのは王だけだ。王は気まぐれで、いつ誰の部屋を予告もなく訪れるかわからない。

だが最近の王は各地で勢いを増す反乱勢力の討伐に出かけていて留守がちである。それをいいことに、フェレンツはほとんど毎日ミハイの部屋を訪れた。他の人間に怪しまれないよう、大抵は明け方近くなってからだが。

フェレンツは普段通りにパーティーに顔を出し、貴族たちと関係を持っている。ミハイの部屋に来るときに他の男女の香水の香りが移っていると、胸が激しく痛む。

いくら他人の目をごまかすためとはいえ、誰かを抱いたその足でミハイに会いに来られるのは苦しい。宮廷愛人という立場上、当然ではあるが。

まずはバスルームで他人の残り香をすべて洗い流してもらってからミハイに触れるよう、強く要求した。ジジには決して情交を見せたくないから、ジジは必ずリビングに置いてベッドルームに来ることも約束している。ジジの前では決して肌を許さなかった。

背中に当たるフェレンツの体温を意識する。

フェレンツは眠りが浅く、ミハイが身動きするとすぐに目を覚ます。

首筋にフェレンツの寝息がかかっているけれど、本当に眠っているか定かではない。きちんと睡眠が取れないと体を壊してしまうのではないかと心配になる。

起こすのは忍びなかったが、とてものどが渇いている。

極力そっと体を起こしたが、やはりフェレンツは目を開けてしまった。

「どこへ行く」

思いのほか寂しげな声で、ミハイの腕を摑む。

「水を飲みに行くだけです。のどが渇いて。あなたも飲みますか」

フェレンツは黙って首を横に振った。

そんな様子がとても不安げに見えて、ミハイの胸が疼く。

傲慢《ごうまん》な表情とこんな無防備な様が対照的で、彼が不安定な人間なのだと感じる。

こんな顔をされると、水を飲みに行くことすら罪悪感を持ってしまう。

離れた指が名残惜《なごり》しげに宙に残るのを、申し訳ない気持ちで見た。

どうして自分はこの人を嫌いになれないんだろう。ひどいことをされているのに。嫌いになれたら楽なのに。

のどを潤して戻ってくれば、フェレンツは組んだ腕の上に顎を乗せてベッドにうつぶせてミハイを待っていた。紫の瞳で、ミハイの動きを追っている。

長い髪が滑らかな白い背を滑ってシーツに流れ、まるで高貴な獣が横になっているように見える。本当に豪華な人だ、と思った。

一糸纏わぬ姿のどこにも非の打ちどころのない、完璧な肉体。どうしてこんな人が自分に執着するんだろう。

ベッドに戻ると、フェレンツは体温を恋しがるようにミハイの腰に腕を回して抱きついてきた。

胸に頭をすり寄せる仕草が、たった数分なのに待ち遠しかったと言っているようだ。ミハイを抱いて安らいだように口もとを弛ませた。

「眠りが浅いんですね」

「わたしは人と一緒だと眠れないんだ」

ではなぜミハイのベッドで朝まで過ごすのだ。自室に戻ってゆっくり眠ればいいのに。

「どうして」

「この宮殿に来てから、人の体温は閨事とひとくくりだったから。わたしにとって、誰かの体温は安心できるものじゃなかった。いまだにその感覚が抜けない」

のどにものがつかえる心地になった。

フェレンツはかつてナイチンゲールとして王の伽を務めるためにやってきた。寵愛の深かった彼は、王の褥から外に出ることはなかったほどだという。今よりずっと若く荒々しかった王の精力は並外れていたに違いない。

「ここに来たのはいくつのときだったんですか」

尋ねてしまってから、失礼だと気づいてハッと口を押さえた。

だがフェレンツは気にした様子もなく、表情は変わらなかった。

「十二だったかな」

春を売る少年少女の年齢を鑑《かんが》みれば、幼すぎるというほどではないにせよ、子どもに変わりはない。そんな歳の子どもが他人の側で眠れなくなったかと思うと、胸が苦しくなった。

「ぼくの側で眠れないなら、どうして自分の部屋に帰らないんですか」

フェレンツは真っ直ぐにミハイを見上げる。

「逃げられたくないから」

ミハイはかすかに目を見開いた。彼の心の闇を覗いてしまった気がする。

フェレンツの基準は自分が側にいたいからという「彼自身がどうしたいか」ではなく、ミハイに逃げられたくないという「相手がどうするか」にかかっている。

自分の気持ちをぶつけるのではなく、他人の気持ちや行動を支配すること。

年若い頃から愛憎と策略が渦巻く宮殿に放り込まれて、ここの生活が彼をそうさせたのだろう。

王の褥を離れてからも、無数の男女の性玩具として、生きるために体を使ってきた。

――自分に持てるもので勝負をするのは当然だ。生き残るために考えることは恥じゃない。

オペラ劇場で、彼はそう言った。それは彼自身が自分に言い聞かせていたことかもしれない。

なんとも表現できない悲しみが胸に湧き上がる。

この人は愛情の求め方を知らないまま大人になってしまったのだ。体を繋ぐことしか知らないから、欲しくなったミハイのこともそうして手に入れた。

そう思ったらフェレンツがとても不器用な子どもに見えて、抱きしめたくなった。

「フェレンツ」

金色の髪ごと、ぎゅっと胸の中に閉じ込めた。

手を放してはいけない気持ちになる。

この想いはなんなのだろう。名前がついているのだろうか。

フェレンツはミハイの心臓の音を聞くように胸に耳を当て、目を閉じる。

長い時間そのままで、それこそフェレンツが眠ってしまったのではと思うほどの時間が過ぎたとき。

「でも……」

小さな声が耳に届く。

「きみの体温は安心する」

ひとり言のように呟いたフェレンツに、自分で安心させられるならずっと抱いていてやりたいと思った。

「なにか話してくれ」

フェレンツは目を閉じたまま、囁くようにねだる。

「なにを？」

「なんでもいい」

ただ声を聞いていたいだけなのかもしれない。

少し考えてから、自分の故郷のことを話しだした。

「ぼくの生まれたところは、自然が豊かで、とてものんびりしているんです。ぼくはいつも森で遊んで……」

春はきれいな花が咲いていて、祖母と母のために摘んでいったこと。夏は眩しい木漏れ日の下で昼寝をし、川で水遊びをしたこと。

秋は木の実を食べ、小さな動物たちと触れ合ったこと。冬は暖かい部屋で家族揃って窓から雪を眺めたこと。

「きみの祖母の手作りだという菓子をもらったな。あれは美味しかった」

「冬は特に、家の中にいるしかないからよく作ってもらったんです。ぼくも子どもの頃から大好きで、よく祖母にねだっていました」

「きみの家庭は温かいんだな。どうりできみも温かい」

憧れが感じられる口調に、フェレンツのことも聞いてみたくなった。

「あなたの家は？」

「わたしの家は没落貴族で、金もないのに気位だけが高い両親のために、ものごころついたときから物乞い同然でわたしが働いた。王に見初められたわたしが売られて、両親とはそれっきりだ。帰る家もない」

自嘲《じちょう》するでもなく淡々としゃべるフェレンツに悲しくなった。

帰りたくても帰れない自分だけれど、少なくとも温かな家族の記憶という心の拠《よ》り所《どころ》がある。いつか故郷に戻る夢も見られる。だが彼には帰る場所もない。

フェレンツはなにを希望に生きていけばいいのだろう。

「むかし……」

フェレンツは目を開くと、手を伸ばしてミハイの髪に触れた。

「美しいカナリヤの少女がいたんだ。きみと同じように、王は手をつけずに大事に籠に入れて愛でていた。わたしは彼女の歌を聞いて苦しくなった。彼女はとても国に帰りたがっていて、でも叶わぬ想いを悲しい声で朗々と歌い上げていた」

フェレンツの瞳が追憶に揺れた。

「彼女は慰めを求め、わたしは彼女に触れた。彼女は故郷に帰りたがっていたから。肉体が無理ならせめて魂だけでもと。彼女はこの宮殿で生きていくには繊細すぎた」

初めに王に拝謁したときに、フェレンツがかつてカナリヤの少女を犯したと王は言っていた。あの話だ、と思った。

「期待通り、王は激怒して彼女の命を奪った。彼女の魂は故郷に帰れた。わたしは……、王はわたしを逃がしてはくれなかった。わたしが十四のときの話だ」

ちくんと胸が痛んだ。

「あなたは……、その少女を愛していたんですね」

フェレンツがかつて愛したかもしれない少女に、醜い想いが湧くのを感じた。

「愛して……？　……さあ。……ただ、うらやましかった。逃げ出したいのは、わたしも同じだったのに。逃がしてもらえると……、思ったのに」

オペラ劇場でミハイを犯したとき、フェレンツは王に見つかっても構わないと言っていた。

彼はこの宮殿での暮らしに倦《う》み疲れているのだ。

行く当てのないフェレンツは、緩慢に人生を消費している。

フェレンツの時間はこの宮殿に売られたときで止まっているのかもしれない。子どものまま、誰かの手を待っているのかもしれない。

「いつか……、二人でこの宮殿を出られることがあったら、ぼくの故郷に行きますか。誰でも温かく迎えてくれる森が待っています」

フェレンツは小さくほほ笑むと、夢見るような口調で言った。

「いいね。行ってみたい」

「じゃあ、それを目標にしましょう」

目標なんかないと言った彼に、なんでもいいから生きる意味をあげたい。

「そうだね、楽しみだ」

フェレンツはふと顔を上げると、そっとミハイの頬に手を添えた。瞳が切なげな色を宿す。

「きみの笑った顔が見たい」

そう言われて、自分がずっと笑顔を失くしていたことに気づいた。関係を持ってから、フェレンツの前で笑ったことなどついぞ思い当たらない。

だが意識してしまうと、笑い方を忘れてしまったように頬が強ばった。

フェレンツはしばらくミハイの顔を見つめていたが、やがて疲れたように笑んで再び目を閉じた。

ひどく傷つけた気がして、なにも言えなかった。

「ミハイ……、眠らせてくれないか」

いつかミハイが子守歌を歌ったときに、フェレンツが眠ってしまったことを思い出す。ミハイはやわらかな音で、子守歌を歌い始めた。

まだ夜の色を濃く残した時間にふさわしい、やさしい眠りを誘う子守歌を。

金色の髪を梳きながら、フェレンツが眠りに落ちるまで口ずさみ続けた。

反乱が活発化してるらしい、という話は宮殿にいるミハイにも届いてきた。

王はどんどん勢力が広がる反乱軍に業を煮やしている。

これまでは武力によって鎮圧すればおとなしくなっていた民が、潰されても潰されても立ち上がってくるらしい。

ある属国はこれ以上のラスロの支配を拒絶し、独立の宣言を出したという。

そんな話も、毎晩のように華やかな宴を開くこの宮殿にいると、別の世界のことに聞こえた。

今宵も仮面で素顔を隠した貴族たちが贅を凝らした衣裳を纏い、ほとんど無駄になる豪華な料理と美酒を並べ、夜通し遊び呆けるのかと思うと、民の不満は当然だとミハイはため息をついた。

祖国のために王におもねることしかできない、なんの力もない自分が悔しい。


朝食を終え、ミハイは庭園に散歩に出た。

この時間は宮殿内で働く使用人以外ほとんど起きていないから、広い庭園は無人も同然である。

朝の光を浴びると清涼な気持ちになる。澄んだ空気の中で伸びをすると、体が清められる気がした。

ここの貴族たちもこうやって朝起きて夜眠る生活をすればいいのに。

そんなことを考えながら歩いているときだった。

遠くの方からがちゃがちゃとした複数の足音が聞こえて、ミハイは足を止めた。

足音はすぐにミハイの方に近づいてきて、それが警備兵たちだということがわかった。

警備兵はミハイを見つけると、厳しい表情でやってきた。

「不審な人物が敷地内をうろついています。部屋にお戻りください」

ミハイの身なりを見て、使用人ではないと判断したのだろう。言葉だけは丁寧だったが、語調は高圧的だった。

ミハイは息を呑むと、素直に自分の部屋に向かう。

いったいなにがあったんだろう。宮殿の敷地内に不審人物とは、警備兵も緊張するはずだ。

足早に庭園を進み、大きな植え込みの前を横切ったときだった。

いきなり伸びてきた腕に植え込みの陰に連れ込まれ、大きな手で口を塞がれた。

「…………！」

大柄な男に背中から抱き竦められ、冷たい汗が背を伝う。

これが警備兵が探していた不審人物か。

汗だくで息を切らせた男は、警備兵から逃げ回っているのだろう。汗で湿った肌がひどく熱かった。

ミハイが歩いてきた方面からは、不審人物を探しながら歩いてくる警備兵の声が聞こえる。男に噛みついて油断を誘ったら大声を出せるだろうか。

男の腕は大木のように太い。警備兵たちに助けてもらう前にミハイの細い首などへし折られてしまうかもしれない。

男は切羽詰まった口調で言う。

「静かに……、あんた、ミハイ。ピシュテヴァーン人だな」

ミハイは目を見開いた。

首をねじ曲げて男を見れば、ミハイも何度か会話をしたことがある、ピシュテヴァーン出身の使用人だった。ピシュテヴァーン出身の人間はこの宮殿では数少ないので、同国人の顔は知っている。

警備兵たちはますます近づいてくる。人が隠れられそうな場所をひとつひとつ確認しながら歩く声が聞こえる。ここを覗かれるのもすぐだろう。

ミハイがこくりと頷くと、男は早口で囁いた。

「同郷のよしみだ。頼む、レヴェンテさまに伝えてくれ。十八日の夜、二十二時」

言うなり男はミハイを突き飛ばして植え込みの向こうに押しやり、自分は反対側から飛び出す。

「いたぞ！」

警備兵たちが男を追って走り出す。植え込みの反対側にいたミハイには誰も気づかなかった。

ミハイはどきどきと鳴る胸を押さえながら、今聞いた言葉を頭の中で繰り返す。

十八日、二十二時。

レヴェンテ……レヴィのことだ。

十八日といえば一週間後。その日、その時間にいったいなにが？

伝えていいものかしばらく逡巡したが、やはり自分が握り潰すことはできない。

意味はわからないが、もしレヴィが聞いてわかることなら、彼に関係があるのだろう。

男の安否も気になりつつ、ミハイはレヴィの部屋に足を向けた。


ミハイから日時を聞いたレヴィは、大きな青い瞳を輝かせた。

「ありがとう、ミハイ。素敵なお知らせだよ。神さまはぼくに味方をしている」

天使のようなほほ笑みの裏で、凄絶な影が揺らめいている気がして背筋が冷たくなった。それがなんなのかわからないけれど。

「ああ、興奮するな。もうすぐだ」

レヴィは頰を染めて自分を抱きしめる。

「レヴィ……、それ、どういう意味?」

レヴィは華やかに破顔した。

「ねえ、ミハイ。ミハイはピシュテヴァーンが好き? 帰りたい?」

「え……、それは、もちろん……」

帰りたいと思わない日などない。

故郷の森が、家族が恋しい。生涯かけて、もう一度故郷の土を踏みたいと願っている。

けれど、どうしてそんなことを聞く?

レヴィは笑顔を引っ込めると、ひどく真面目な顔をした。

「これから言うことは、誰にも言わないと約束してほしい。フェレンツにも」

フェレンツの名が出て動揺した。

レヴィは小さく笑う。

「わからないと思ってた? ごめんね、ぼくはそういうの敏感なんだ。王はここのところ反乱軍のことで頭がいっぱいだから気づいてないだろうけど。ああ、でも、大丈夫。ぼくは言わないから」

「他の人も……、気づいてるかな……」

不安になった。

レヴィが気づいているということは、他にも二人の関係に気づいている人間がいるかもしれない。そもそもミハイの部屋つきメイドは知っているのだ。他に知っている人間がいても不思議はない。

「さあ、どうだろう。フェレンツがあっちこっちに手を出してるのなんか当たり前だから、もし気づいてもいつものことと思うんじゃないかな。きみの不貞を王に進言して得する貴族なんかいないし、むしろ怒った王に八つ当たりでもされたらたまらないから見て見ぬふりだと思うよ。可能性があるとしたら他のカナリヤくらいだけど、彼ら最近は王の討伐に同行したりして忙しいから」

他のカナリヤたちからすればライバルですらないミハイは、歯牙にもかけられていないということか。

不安は残るが、レヴィの言葉で一応安心した。

「ごめん、ありがとう……。それで、誰にも言うなっていうのは？」

「うん。実は、近々ピシュテヴァーンを含めた属国の連合軍で、大きな反乱が起こる。この宮殿に攻め込んでくるよ。さっきのはその予定の日時」

ミハイは目を見開いた。

そんな重要なこと！

どうりで手紙ではなく口頭で伝えるはずだ。王の手に証拠が渡ったら危険極まりない。

レヴィの瞳が、今まで見たことがないほど残忍に輝く。

「ねえ、ミハイ。ぼくたちの国を取り戻そうよ、この手で。情報がぼくに届いたことが天がぼくらに味方してる証拠だと思うんだ。もう事態は最終章に向かって走りだしてる。王は間違いなく滅びる。きみはぼくたちと来て、傍観しているだけでいい。だから行こうミハイ。この宮殿を抜け出して反乱軍に合流するんだ」

「ちょ……、ちょっと待って。急にそんな……、それに、そんな大事なことをぼくに話していいの？」

「ミハイは大事な同国人じゃないか。助けたいと思ったらおかしい？　ここは危ない。反乱軍が攻め入ったら、巻き込まれて命を落とすかもしれないよ」

急な話に頭がついていかないでいる。

「待って……、フェレンツも連れていける……？」

レヴィは首を横に振った。

「悪いけど。今はとてもデリケートな時期なんだ。反乱が成功したあとならともかく、少しの不安分子でも士気に関わる。外で待機している仲間は、自国民以外を受け入れるのは無理だよ」

「そんな……」

「ぼくは自国の人間を護る義務がある。でも他国のことはその国の人間に任せるよ。ぼくはきみを助けたい」

レヴィの言い方に引っかかるものがあったが、動揺していて深く考えられなかった。だが少なくとも、レヴィの中でフェレンツは数に入っていない。

「ミハイ」

ミハイはごくりと唾を飲んで床を見つめた。

「……ごめん、レヴィ。ぼく、フェレンツを置いていけない」

紫の瞳を真っ直ぐに向けて、子どものようにミハイに縋ってくるフェレンツを。

他人の側では眠ることができないという彼が、ミハイの側では眠ってくれる。そんな彼を置いていけない。

会えなくなるかもしれないと思うだけで心臓がおかしな打ち方をし、体が震えてくる。

「ミハイ……、フェレンツのことが好きなの？」

その言葉が、矢のように胸に突き刺さった。

「好き……？」

好きというのは、恋のことではないのか。

恋は楽しくて、きらきらしていて、甘くて幸せなものだと思っていた。たしかに知り合った最初の方はそんな気持ちもあった。あれを恋と言われたらそうだろう。

でも今自分がフェレンツに感じているのは、痛みとか切なさとか、辛い気持ちの方が多い。

「離れたくないいんでしょ。好きっていうのが当てはまらないなら、愛情って言い換えてもいいよ」

とん、と背中を押された気がした。

あの手を振り払えないのは、慰めたいと思うのは、愛情ゆえなのだ。

わかってしまうと、自分の中でどんどん気持ちが膨らんでくる。

笑顔が見たい。いつも不安を抱えてミハイを縛りたがっているのを知っている。体を繋ぐことしか知らない彼に、もっともっと別の楽しみを教えてあげたい。自分が幸せになりたいと思ってほしい。

そしていつか、故郷の森を見せてあげたい――。

これを愛しい、というのだとやっと気づいた。

「ありがとうレヴィ、ごめん……。今は行けない」

レヴィは困ったように笑うと、ミハイの髪をやさしく撫でた。

そんな表情と仕草はまるで母親のようで、年齢にそぐわない老成したものを感じた。

「いいよ。好きな人の側にいたいって自然だと思う。でも気が変わったらいつでも来て。場所は……」

囁かれた場所を、しっかりと脳に刻み込んだ。

「レヴィ、ひとつだけお願いがあるんだ。ジジを連れていってくれないかな。あの子はピシュテヴァーンから来たから、もしぼくに……、なにかあったら、故郷の森に返してあげてほしい」

反乱軍が攻めてくるということは、人間のみならずジジにも危険が迫っているということだ。自分のわがままであの子を巻き込みたくない。

「わかった。ジジのことは任せて。でもきみに返すまで預かるだけだからね」

レヴィの気持ちに、胸が詰まった。

また会おうとほほ笑んだレヴィと、固く抱擁を交わした。


レヴィの部屋を出て、足早にフェレンツの部屋へ向かう。

フェレンツに会いたい。

また明け方になれば彼はミハイの部屋を訪れるだろうけれど、それまで待てない。

自分からフェレンツの部屋を訪れるのは初めてだ。場所だけは知っているが、あえて近づいたことはなかった。

気づいた想いを伝えたい。

好きなのだと、口に出して伝えたら彼はどんな顔をするだろう。少しは安心してくれるだろうか。

そういえば彼からも好きだと言われたことはない。

もしかしたら、フェレンツのそれは依存とか執着とか独占欲といった、恋情ではないものかも。ミハイが彼に感じている気持ちとは違うかもしれない。

それでも、自分が彼に持っているのは愛情なのだ。笑う顔が見たい。幸せになって欲しい。

息を切らしてフェレンツの部屋にたどりつく。

ノックをしようとして、扉がわずかに開いていることに気づいた。中には人の気配と、苦しげな息遣い。

まさか、熱でも出して苦しんでいる？

今朝は完全に陽《ひ》が上る前にミハイの部屋を辞したフェレンツだが、自室に帰ってから急に具合を悪くしたのかもしれない。

思わず部屋を覗き込んで――息が止まるかと思った。

「ああ……、すごい……っ、あ、いく……、いっちゃう、フェレンツさま……！」

着衣のままベッドに寝そべるフェレンツの上に跨がって体を揺らすのは、スカートを捲《まく》り上げたミハイのメイドだった。

きちんと結い上げた髪がほつれている。反らした白いのどが目に焼きついた。

よろけたミハイの体が扉にぶつかり、軋む音を立てながら大きく開く。

ベッドの二人が動きを止めて振り向いた。

メイドは一瞬だけ目を見開いたが、すぐに真っ赤な唇をつり上げて笑みを浮かべた。そしてミハイを見ながら、見せつけるように腰を回す。

息を継ぐことすら忘れて佇んだ。

フェレンツは感情のない目でミハイを見ている。まるで魂をどこかに置き忘れた人形のように。

「あん……、フェレンツさま、いいの……？　ミハイさまが見てるわよ……」

メイドの言葉で我に返り、弾かれたように踵を返した。

心臓があり得ないほど不規則な打ち方をして痛い。呼吸をしているはずなのに酸素が入ってこないように息苦しい。

青い顔で走りだしたミハイの背を、メイドの嘲笑が追ってきた。

いつものように、フェレンツがやってきたのは明け方に近い時間だった。

誰かの移り香を纏って。

「ミハイ……」

暗い部屋でまんじりともせずに椅子にかけていたミハイの背後から、フェレンツが腕を回してくる。

彼はいつでも誰かの匂いを纏っている。仮面で顔を隠した貴族たちと毎夜抱き合っているのを知っている。それが彼の役割だからだ。

けれど今日は耐えられなかった。

ミハイの近くにいる女性と。顔のない貴族の誰かではなく、顔を知るあのメイドと。

「触らないで！」

フェレンツの腕を振り払って立ち上がった。正面から睨みつけ、握った拳を震わせる。

「どうしてあんな……、あの人と……」

フェレンツは無表情のまま首を少し傾けた。

「口止めだよ。わたしがきみの部屋に通っていることを、他の人間に話さないように」

当然のように言うフェレンツに、目眩がするほど腹が立った。

好きだから。

だから腹が立つ。

「ぼくには誰にも触れさせるなって言うくせに……」

彼の立場はわかっているつもりだった。けれど冷静になれない。

「もうぼくに触らないで。誰かを抱いた汚い手でぼくを抱かないでください」

好きだから——自分以外抱いてほしくない。

クーデターが起こると知れれば、もう祖国の立場を気にせずに済む。

「あなたが他の人を抱くなら、ぼくはもうあなたに抱かれない。王に言いたいなら言えばいい。そんな汚い手で触られるより、殺された方がずっとマシです」

フェレンツを傷つけたくて汚いと連呼する自分は醜い。

わかっているのに止められない。

「出ていってください。あなたの顔なんかもう見たくない」

言いきったあとは、耳に痛いほどの静寂が訪れた。

互いに沈黙したまま、どれくらいの時間が流れただろう。

やがてフェレンツは、足音も立てずに部屋を出ていった。

レヴィが姿を消したと騒ぎになったのは翌日だった。

王の怒りと苛立《いらだ》ちは尋常ではなかった。

「敷地中を探せ！　庭園の隅々もだ！　誰かにかどわかされたのかもしれぬ。見た者はおらぬか！」

警備兵はもとより、使用人まで駆り出され、宮殿敷地内のあらゆる場所が捜索された。

フェレンツ以来の気に入りようだった小夜啼鳥《ナイチンゲール》の失踪に、宮殿中が大騒ぎだった。

三日目には宮殿の外にまで捜索の範囲が広がり、町中に不穏な空気が広がった。

もしレヴィが見つからなければ、怒りに任せた王が周囲にどんな理不尽な八つ当たりをするかわからない。

貴族たちもさすがに夜のパーティーを控え、王の怒りを恐れて波が去るまで宮殿外の自分の領地に帰っていく者があとを絶たなかった。

五日もすれば、捜索による騒がしさとは裏腹に、貴族たちが従者を連れて出ていったせいで宮殿は閑散としていた。

ミハイも自室に籠もったきりである。あれ以来、フェレンツはミハイの部屋を訪れなかった。

自分がフェレンツにぶつけてしまった言葉が、日に日に重くのしかかってくる。

意図して傷つけたことを謝るべきだ。頑なになっている時間はない。

そう思っているのに、そうしたら彼が他の人間と関係を持つことを肯定してしまうようで、どうしてもフェレンツに会いに行くことができないでいる。

「フェレンツ……」

吐息混じりにフェレンツの名を呟いたミハイの眼前に、派手な音を立てて食器が置かれた。

驚いて顔を上げると、メイドが昼食の皿を置いたところだった。

ミハイがフェレンツの部屋で情事を目撃した当日は機嫌がよかった彼女は、日を増すごとに苛立っていった。

理由がわからなくて戸惑うが、聞く気にもなれない。ぞんざいな態度をされても、さほど気にならなかった。彼女がミハイに好意的でないのは最初からだ。

メイドはじろりとミハイを睨みつけると、つんと顎を上げて部屋を出ていった。

ミハイはもそもそと、目の前の料理を口に運んだ。

食欲はないけれど、極力食事を無駄にしたくない。飢えて倒れていく人々を思えば、できる限り食べるのも自分の義務だ。

時間をかけて、大切な食料を残さず食べようと努力する。

――ぼくたちの国を取り戻そうよ、この手で。

絶対王政が滅びたら、もっと豊かになるだろうか。ピシュテヴァーンよりもずっと疲弊したこの国の民が、腹いっぱい食べられるように、温かいベッドで眠れるようになるだろうか。

そしてフェレンツのように、生きる目標もなく飼い殺されている人間が自由に羽ばたけるように。

「………そうだ」

ふつふつと、自分も動いてみたい欲求が湧いてきた。

――反乱軍に加わりたい。

今から行くか、レヴィの教えてくれた場所へ。いや、行くならフェレンツと一緒がいい。レヴィは彼がピシュテヴァーン人ではないから助けられないと言ったが、フェレンツはミハイの故郷の森に行ってみたいと言った。帰る家のない彼の故郷が、ピシュテヴァーンになればいいのではないか。

華やかな希望が満ちてくる。

二人でここを飛び出して、あの森で暮らそう。

思い立ったらいてもたってもいられず、フェレンツに会いに行こうと席を立ったときだった。

「ミハイさま、王がお呼びです」

先ほどとは打って変わって上機嫌なメイドが、ミハイを呼びに来た。

王の発する怒りはおそろしいものだった。王のいる居室の入り口で膝をついて拝謁しただけで、尿が漏れそうになる。深く頭を下げて床を見つめながら、緊張で脳が縮む心地がした。心臓がこれ以上ないほど激しく波打っていて痛い。

いったいなにが……、まさか、レヴィたちの計画が王に漏れて……。

こめかみから顎を伝って流れた冷たい汗がぽたりと床に垂れたとき、居室の扉が開いて誰かが入ってきた。

その人物はミハイの隣に膝をついて王に拝謁する。

（フェレンツ――！）

やはり顔を伏せたフェレンツの長い髪が、床に向かってするりと落ちた。

フェレンツと二人で呼ばれたということは、もしや――。

「二人とも顔を上げよ」

地鳴りのような響きのある声で王が命ずる。

緊張で強ばる首根を無理やり動かして顔を上げると、王の隣にはしたたかな笑みを浮かべるメイドが立っていた。

「貴様ら……、俺を愚弄しおって」

やはり――。

王はメイドに向かって顎をしゃくった。メイドは頬に手のひらを当て、わざとらしく眉を寄せる。

「ミハイさまとの逢瀬《おうせ》を黙っているよう、フェレンツさまに脅されておりましたの。でも、王への裏切りを見過ごすことに耐えられなくなって……」

奥歯を噛んだ。

口止め代わりにフェレンツを貪っていたくせに。

「この娘の言うことが違っていると申すなら、純潔を証明してみせよ」

どうやって。

王が合図をすると、部屋の奥から黒い箱を乗せたワゴンが運ばれてきた。

衛兵が二人、両脇からミハイの腕を摑んで立ち上がらせる。

ワゴンを運んできた王の側近が箱を開けて取り出したものを見てぎょっとした。

それは男根を模した木の張り型だったのだ。

「純潔であれば受け入れられぬはずだ。もし出血せねば、そのときは斬り殺してくれる」

あまりの屈辱的な方法に青ざめた。

部屋には側近も衛兵もいる。この中で脚を開いて張り型を受け入れよと。

屈辱に震えたのは一瞬で、燃えるような怒りが湧き上がってきた。こんな、人を人とも思わないやり方で辱めるなんて。自分は玩具ではない。

ミハイは毅然《きぜん》と顎を上げると、王を睨みつけた。

「必要ありません。男に抱かれたかという意味でしたら、その通りです。でもぼくはフェレンツを愛しています。それを汚れたとおっしゃるなら、あなたさまにとってはそうなのでしょう」

隣で膝をつくフェレンツの気配が緊張したのがわかった。

王はぎろりとミハイをねめつけた。

とたん、部屋の空気がずんと重くなったように感じる。立ち上がった王の威圧感に、離れていても押し潰されそうだ。

「剣を持て」

側近が慌てて剣を取りに行く。

ミハイを拘束した衛兵たちがごくりと唾を飲む音が聞こえた。

このまま自分はここで殺されるのだろう。怖い……けれど、後悔はしない。こんな形でもフェレンツに愛を伝えられた。

好きだと気づいていなかった頃なら、汚れたと言われて反論できなかっただろう。でも今は違う。

王から目を逸らさないまま、視線を合わせ続けた。決して自分から逃げはしない。

王が側近から剣を手渡されたとき、ミハイから視線が離れた。剣を検分するために柄を握ったり引っくり返したりしている。

膝をついたままのフェレンツが王には聞こえない程度の声で囁いた。

「すまない。わたしが彼女を抱かなくなったから、彼女はわたしを売った」

やっと、ミハイは王から視線を剝がして隣のフェレンツを見下ろした。

「どうして……」

今更、口止めをやめたのか。自分の身だって危険に晒すことになるのに。

フェレンツは顔を上げると、ミハイを見た。

その表情に胸を衝《つ》かれる。

口もとだけは笑っているが、切なげで愛しげな色が瞳に映っている。

「きみが、他の人間と寝るなと言うから……」

だから自分を愛して欲しいと、瞳が雄弁に物語っている。

宮殿に売られてからずっと、彼は体を使うことしか知らなかった。それだけが彼の存在意義だった。おそらく人肌に触れぬ日などなかったろう。

なのに――。

言葉はなくとも、ミハイを愛しているのだと、行動が示している。彼自身にその意味がわかっているかも定かではないが。

鼻の奥がつんと沁みた。

「あれからずっと眠れないんだ。一人になれば眠れたはずなのに。きみの側でないと眠れない」

眠らせてあげたい、と思った。

子守歌を歌って、体温を分け与えて。虚ろな心を満たしてあげたい。

「フェレンツ、ぼくは……」

言いかけたとき、王の野太い声が遮った。

「なにをぶつぶつ言っている」

剣を手にした王が、こちらに向かって歩いてくる。心臓が冷たい汗をかく。

このまま殺されてしまうのか。

命を失うことは怖くない。ただ、フェレンツを残して逝《い》きたくなかった。子どものようにミハイに縋る彼に、もっともっとやさしい眠りを毎晩作りたい。

ミハイの正面に立った王が、剣を振り上げたときだった。

フェレンツが立ち上がり、優雅な動きで王の腕を止めた。王はフェレンツをねめつける。

それを受け流すように、嫣然《えんぜん》とした笑みを口もとに乗せた。

「よいではありませんか、陛下。こんなカナリヤの一羽や二羽。代わりにわたしが、あなたさまの腕の中で歌います。いなくなったナイチンゲールの分も」

「引けフェレンツ。おまえにはあとで相応の仕置きをくれてやる」

フェレンツはくすりと笑った。

その瞳が独特の色を湛え、見る者を魅了する。あまりに魅惑的な表情に、王すら息を呑んだ。

「望むところです。またあなたさまにあのように濃密に愛されると思うと、期待で身震いいたします」

フェレンツはちらりとミハイに視線を送りながら、王に体を寄せた。

「あなたさまがあまりにこのカナリヤを大事になさるから、奪ってみたかっただけです。愛する陛下が手も触れずにいる宝を、共有したかったのです」

「ふん、白々しいな」

そうは言いながらも、王は口の端をつり上げてフェレンツの顎を指で持ち上げた。

唇が触れそうな距離で、フェレンツが笑む。

「本心ですとも。褥で充分証明してみせますが。ですがもの慣れぬカナリヤを夢中にさせてしまったのはわたしの罪。償いはわたしがいたしますゆえ、どうかカナリヤは逃がしてやってはもらえませんか。わたしは血の臭《にお》いは好みません。上手に啼けなくなってしまいます」

王だとてフェレンツの言い分を信じてはいないだろう。

ふてぶてしく笑うと、フェレンツの耳朶に噛みついた。

「おまえが命乞いとはな。そんなにこのカナリヤが大事か。おまえの目の前でこいつを玩弄してやってもよいが、俺も久方ぶりにおまえを味わいたくなった。いいだろう、カナリヤは逃がしてやる。おまえに比べれば、この程度の小鳥は惜しくもないわ」

王は衛兵に合図をして、ミハイを部屋から追い出した。

「フェレンツ……！」

ミハイを振り向いたフェレンツは華やかに笑った。

「故郷の森によろしく」

行きたかった、と言ったように聞こえた。

扉が閉ざされる直前、フェレンツが跪いて王の腰に顔を寄せるのが見えた。

ミハイを助けるために、フェレンツは身を投げ出したのだ。他の人間とはもう寝ないと言ったくせに。

「フェレンツ！」

名を呼び続けるミハイを、衛兵は馬車に押し込んだ。

衛兵は宮殿の敷地を隔てる門までミハイを連れていき、容赦なく外に突き飛ばした。

「開けてください！　中に入れて！」

門に取り縋るミハイに、衛兵は下卑た笑いを返した。

「外国人が身一つで放り出されちゃ、男娼《だんしょう》にでもなるしか生き残る道はないな。気が向いたら買ってやるから、男を悦ばせる手管を身につけたらまた来いよ」

「王に斬り殺されなかっただけありがたく思え」

嘲弄《ちょうろう》しながら去っていく衛兵を、呆然と見送った。

どうしよう。どうすれば。

きっとフェレンツはひどく責められる。以前のカナリヤの少女のときも瀕死《ひんし》になるまで責められたと言っていたではないか。

助けなければ、今度こそ淫虐の果てに死んでしまうかもしれない。

背後の町を振り向き、泣きそうな気持ちでレヴィから聞いた場所を探して走り始めた。

＊＊＊

もうどれくらいこうしているだろう。

でもたぶん、たった一昼夜。

それが何倍にも長く感じるほど、久しぶりに体を貫かれる感覚は苦痛だった。

「まだ休むなよ、フェレンツ」

「はい……」

朦朧としながら、機械的に答える。

拓かれた孔が悲鳴を上げ、絶え間ない抽挿に晒されて裂かれた肉が赤い涙を流す。

精力旺盛な王でも、さすがに一昼夜嵌め続けることはできない。ときには性玩具を使い、気を失うこともできぬほど激しく責め立てられた。

フェレンツの肌の表面は無数の噛み痕で扇情的に彩られている。

幸いなのは、王には他人に嬲らせる性癖がないことか。自分の玩具は一人で楽しみたい性質だ。

ときおり霞む意識の中で、ミハイの子守歌が聞こえる気がした。

もっと聞きたくて目を閉じるが、そのたび新たな痛みで覚醒《かくせい》させられる。痛みよりも、子守歌が遠ざかってしまうのが苦しかった。

以前は少なくとももっと快楽を拾えていたのに、今は苦痛しか感じない。体が忘れたのではなく、相手がミハイではないからだと自然に理解した。

なぜなら、ミハイを知ってから、他の誰にも感じなくなったからである。毎夜ミハイのことを頭から追い出して、意識をからっぽにしてなんとか体だけ反応させ、貴族たちと関係を持ち続けた。

だから、孔で扱いていればいいだけ今の方がまだ楽だ。勃たなくても奉仕できる。

「いいぞ、フェレンツ」

ぐちゅっ、ちゅぐ……、と肉で肉を扱く濡れた音が寝室に響く。王に跨がったフェレンツの影が壁に映って揺れた。

王の雄は硬く極太で、受け入れているだけで腰が砕けそうになる。だが過去に覚えた複雑な腰使いで、フェレンツは何度も王の精を搾り上げた。

「やはりおまえが最高のナイチンゲールよ。誰よりも美しく、巧みな淫技を使う。十代とはまた違う声も体も意外に興奮するものだ。これからはたびたび褥に呼んでやろうぞ」

「光栄です、陛下」

「おお……、愛しているぞ、フェレンツ。出すぞ……！」

——愛しています、愛しています、陛下……！

かつてそう啼くことを叩き込まれた。熱に貫かれながら何度も繰り返していれば、幼い意識には簡単に刷り込まれる。

それが生きるために自然に覚えた媚だったと気づくまで、本当に愛しているのだと錯覚していた時期もあった。

今ははっきりと違うとわかる。

機嫌を取るために悦ばせたいと思ったことはあっても、幸せにしたいと願ったことはなかった。

ミハイ、ミハイ。きみの笑顔が見たい。

強引に手に入れてから笑わなくなってしまったあの子に、やり方が間違っているのだろうと思っても他にどうしていいかわからなかった。

やっと手放せた。自分の見えないところでも、楽しく笑って歌ってくれればいい。

愛している、ミハイ。もう一度きみの笑顔が見たかった。できれば、きみの故郷の森で。

自分のような人間には分不相応の望みだけれど。

「く……」

腰の奥でどぷりと熱が広がる。

同時に締め上げて、精を吸引するように肉環でゆっくりと雄を上下した。

満足げな息をついた王が、下からフェレンツの頬を撫でた。親指で下唇をめくられ、白い歯を指先で撫でられる。

「おまえ、俺を愛してると囀らぬな」

淫猥な笑みを浮かべた王は、言葉さえも求める。

ミハイに捧げた魂すら売り渡すようで、どうしても褥では言えなかった。

「言えたら終わりにしてやる。どうだ」

答えないフェレンツに王は笑みを深め、ずるりと雄を抜き出した。

口を開いた孔から、王の白い欲望が熱く滴った。

「では言えるまで、おまえのいちばん嫌いな形で犯してやろう」

体勢を入れ換えられ、両手両足をつく姿勢を取らされる。獣の形だ。人としての自尊心さえ踏みにじられるこの姿勢は、心が殺される気がする。

「ふ……、おまえにそんなに愛らしい恋心が残っていたとはな。他人を想いながら犯される心情を思うと、俺も興奮するわ」

濡れた肉棒が、残滓を垂れ流す後孔の上を往復する。腫れ上がった肉襞に硬い亀頭をぐりぐりと押しつけられ、また奥深くを抉られる痛みをやり過ごそうと目を閉じた。

「可愛いフェレンツ。おまえは一生俺の玩具だ」

ぐっ、と肉襞が割り開かれようとしたとき。

「……なんだ？」

寝室の外から騒がしい音が聞こえた。

王は動きを止めて扉の方を見やる。なにかあれば扉の外に控えた衛兵が知らせに来るはずだ。

だが喧騒はだんだん大きくなる。大勢の叫ぶ声と、乱れた足音。

王は厳しく眉を寄せると、ガウンを羽織って扉に向かって歩きだした。力を失ったフェレンツはベッドに沈み込む。

王がノブに手をかける直前、向こう側から勢いよく扉が開かれ、剣を持った大勢の兵士がなだれ込んできた。

先頭を切っている人物を見て、目を疑った。

「レヴィ……？」

屈強な兵士に両側を護られて王に対峙《たいじ》するのは、美しい鎧《よろい》に身を包んだレヴィだった。

薄いけれど強度も兼ね備えているとひと目でわかるきらびやかな銀色の鎧は、王侯貴族が纏う類のものである。

レヴィは細剣の先をぴたりと王に当てると、凄絶な笑みを浮かべた。

「一週間ぶりです、陛下。お楽しみのところ失礼いたしました。でもぼくがいないからといって、すぐにかつてのナイチンゲールをお召しになるなんて、本当に憎らしいですね」

「レヴィ……、おまえ……」

王は呆然と口を開く。

いくら剛力自慢の王でも、丸腰では剣の前に歯が立たない。

「ずっと……、ずっとこの日を夢見ていました。我が王国が無残に踏みにじられ、王であった祖父を含めて目の前で家族全員の命を奪われてから。あなたを必ずぼくの手で殺すのだと、それだけを目標に」

王であった祖父?

ピシュテヴァーンがラスロの侵攻を受けたのはおよそ二十年前。当時直系王族全員の首を差し出せば民の虐殺を行わないと宣言したラスロ王に、ピシュテヴァーンの王族は自ら投降したと聞いている。

だがそれはレヴィが生まれる前の話だ。レヴィはまだ十代も前半である。

「なぜおまえの家族だなどと……、直系王族は赤子に至るまで殺したはずだ」

レヴィは笑みを消し、凍るような視線で王を貫いた。

「そう、まだ一歳にもならないぼくの一番下の弟まで。国民全員に見えるように広場に首を並べて、晒し者にしてね」

「どうして……」

王は気味悪そうに喘いだ。

「ぼくは極端に成長が遅い病《やまい》なんです。幼い頃にわかったから、表面上は病死扱いにして、側近の息子として育てられました。だから虐殺は免れた。それからは至るところを放浪して、あなたに復讐《ふくしゅう》する機会を狙い続けましたよ」

レヴィが王族ただ一人の生き残り……。

「おまえ……、おまえは、俺を愛していたんじゃないのか……。いつもあんな目で俺を見ていたくせに……」

冷たい表情から一転し、レヴィは見惚れてしまうほどの笑みを浮かべた。

「もちろん。愛していますよ、陛下。二十年、寝ても覚めてもあなたのことしか考えられなかったくらい。あなたほどぼくの人生に力を与えてくれた人はいません。人生のほとんどをあなたに捧げたと言ってもいいほどです。いつかあなたの体を貫く想像をするだけで勃っちゃって、何度も自分を慰めました」

王は信じられないように口をぱくぱくと閉じ開きした。

「ここに来て一年、敷地の構造を反乱軍に流し、準備をしてきました。ぼくに夢中なあなたが、ぼくが姿を消したら宮殿警護に影響が出るほど兵士たちを捜索に回すこともわかっていました。貴族たちも消えたおかげで、ここまでずいぶん手薄でしたよ」

磨き抜かれたレヴィの細剣が、音もなく王の胸に呑み込まれていく。

王は目を見開いて、自分の胸に刺さる剣を見下ろした。

「ふふ、あなたにはさんざん肉の剣で刺されたけど、最後はぼくがあなたを刺してしまいましたね」

レヴィの剣先が王の背中から顔を覗かせ、見る間に長々と剣身を現した。

全体重をかけたレヴィが、王の耳に囁きかける。

「愛してます、陛下。あなたはぼくの人生の目標だった」

そして、大量の血を吐き出した唇に最後のキスをした。


「フェレンツ！」

きっと、夢を見ているのだと思った。

もう会えないだろうと思っていたミハイが、目の前にいるから。

反乱軍の兵士に支えられてよろめきながら宮殿を出てきたフェレンツを、ミハイが抱きとめた。

「フェレンツ……、フェレンツ、よかった。助けに行きたかったけど、剣も持てないぼくは足手まといだからだめだって言われて、心配で……」

涙ぐむ小さな顔が、とても愛おしいと思った。

でも……。

「フェレンツ？」

ミハイの痩軀を押しやって距離を取る。

「わたしは汚れているから、きみみたいなきれいな人が触ってはいけない」

ミハイはひどく傷ついた顔をした。

どうしてそんな顔をするのだろう。ミハイを汚したくないだけなのに。

「ごめんなさい……！」

ミハイはぽろぽろと涙を零す。

その涙さえも、この上なくきれいだと思った。

「あ、あなたが……、他の人に触れているのを見て、苦しくて……、ひどいことを言いました。許してください……」

なにもひどいことなど言われていない。

ミハイは事実を言ったまでだ。謝る必要などどこにもない。

「あなたが好きです……。ぼくの側で眠って欲しい……」

その言葉に、小さく縮こまっていた心が空気を吹き込まれた気がした。

「眠らせてくれるのか？」

あの歌声で。

ミハイはこくこくと頷いた。

「いつまででも歌います。あなたが眠れるまで、ずっと歌いますから……」

想像したら、ひたひたと心が幸せに浸されていった。

「もう一度きみの子守歌を聞けるなら、そのまま目覚めなくても構わない」

「やめてください！」

本心からの言葉だったけれど、ミハイはきつく言葉を遮った。

緑の瞳を涙で濡らしてフェレンツと目を合わせる。

「これから、たくさん笑って過ごすんです。仕事も遊びも全力で頑張って、おしゃべりしながら食事を取って、夜は疲れてぐっすり眠りましょう」

想像したこともない未来が目の前に広がっていく。

「それから……、好きな人と愛し合って」

ミハイの陶器のような頬に血が上る。

「ぼくの国に行きましょう、フェレンツ。歓迎します。ぼくの故郷を、あなたの故郷にもしてください」

自分を選んでくれるというのか。このきれいな人が。

欲望のままに汚した自分を許してくれるというのか。

「わたしでいいのか」

ミハイはむずかるように首を振る。

「あなたがいいんです」

あなたがいい。

何度も口の中で反芻し、ゆっくりと心に沁み込んでいった。胸が、熱い。

「わたしも、きみがいい。もうきみとしか寝たくない」

露骨な言葉にミハイはさらに頬を赤らめたが、小さな声で「ぼくもです」と返してくれた。

唇を触れ合わせると、とたんにまぶたが重くなってきた。

「フェレンツ？　体が辛いですか」

体重を預けたフェレンツに、ミハイが心配そうに声をかける。

温かな体を抱きしめて、細い肩に額を乗せた。

「きみといると安心する。とても眠いんだ」

ミハイは安心したように笑った。

「じゃあまずは部屋に行きましょうか。レヴィが用意してくれた部屋があるんです。小さいけれど、とても快適ですよ。ジジも待ってます」

小さな白い友人を思い出すと、自然にほほ笑みが浮かんだ。

じきに見られるであろう穏やかな森の姿を想像しながら、フェレンツは満たされた気持ちでまぶたを下ろした。

寵鳥恋夜

朝食を終えて自室に戻ろうと廊下を歩いていると、美しい歌声の重なりが耳に入り、フェレンツは足を止めた。

華美ではないが小綺麗《こぎれい》にまとめられた部屋をそっと覗《のぞ》いてみると、かつての王のナイチンゲールとカナリヤが向かい合わせて窓辺で歌っていた。

ピシュテヴァーンに帰る途中で馬を休ませるために立ち寄った小さな町で、いちばん設備の整った宿泊所である。

金髪と黒髪の二羽の小鳥は対《つい》のように美しく、天使が戯れているように見えた。

声をかけようか迷ったが、歌の練習をしているようなので邪魔をしてはいけないと、風を通すために大きく開けられた扉の陰に佇《たたず》んだ。

立ち聞きも大概品のない行為だが、ミハイの歌声を聴くのが好きなので、少しだけと思ってこっそり二人を眺める。

ミハイと音を合わせるようにしてレヴィが歌う。

普段の話し声はレヴィの方が高いのだが、歌になるとミハイの方がはるかに音域が広く、高音をのびやかに歌い上げた。

さすがはもとカナリヤだと感心して聞き惚《ほ》れた。

だが、レヴィもなかなか捨てたものではない。ミハイと初対面のときに、レヴィは自分で歌が上手くないと言っていたが、謙遜《けんそん》だったようだ。カナリヤとまではいかないが、これなら誰に聞かせても恥ずかしいということはないだろう。

ミハイが歌を止めた。

「今のところ、最初のアーより少し高く、長めに伸ばして。切ない気持ちを込めて、このあとの情熱的な部分を引き立たせるように……」

どうやらレヴィは恋の歌を習っているようだ。

外見は十代前半にしか見えないレヴィが、実は自分より年上と知ったのはつい最近である。ピシュテヴァーンでは、求婚の際に相手に歌を贈る習慣があると聞いたことがある。これから王となるレヴィも、国の復興のために都合のいい女性を娶《めと》るための準備をしているのだろう。

ミハイは手本を歌ってみせる。胸が苦しくなるような想《おも》いを音に乗せて、高く細く、空気に消えていくような声で。

聞いていると、切ない恋に涙を浮かべる青年の苦悩が目に見えるようだった。

一転、相手の愛を乞《こ》い二人の未来を願う力強いパートに入る。

――愛している。あなたが欲しい。あなたが欲しい。ずっと側《そば》にいたい。

聞いているフェレンツの背筋が痺《しび》れ、胸の奥をぎゅっと摑《つか》まれるような気持ちになる。自分に向けて歌っているような気にさせられるのは、ミハイを愛《いと》しいと思う故《ゆえ》か。それとも歌手としてのミハイの才能か。

レヴィも同じように感じたらしい。白い小さな歯を見せると、いたずらっぽく下からミハイを覗き込んだ。

「ミハイ、恋の歌上手になったよね。すごく気持ちがこもってて、聞いてる方が切なくなっちゃう。フェレンツのこと想って歌ってる？」

ミハイはパッと頬《ほお》を染める。

色白だから、そんな様はまるで少女のようだ。

自分の名前が出たことでフェレンツもどきりとした。思わず二人から隠れて壁にぴたりと背をつけ、耳をそばだてる。

「え……、そ、それは……、…………うん」

恥ずかしげに肯定した声に、背中がぞくぞくするほど嬉《うれ》しくなった。照れ屋の恋人はなんて可愛《かわい》いのだろう。

自分が恋に胸を熱くするのが不思議に感じた。十二で王の愛玩具《あいがんぐ》として売られてから、ついぞ恋情に身を焦がすことなどなかったのに。

宮殿にいた頃は自分の気持ちの正体がわからず、ただミハイを手もとに繋《つな》ぎとめたくてひどいことをした。

愛しているのだと気づいてしまえば、自分の中でどんどん気持ちが膨らんでいく。なにげない言葉や表情がたまらなく愛おしくて、ミハイのことで頭がいっぱいになってしまう。守りたくて、大事にしたくて、でもやはり体を繋げることしか知らない自分はそういうやり方しかできないのだけれど。

せめてベッドでは誰よりも悦《よろこ》ばせてやりたいと、淫技《いんぎ》を尽くしてミハイを愛する。愛されていると理解した体は素直に愛撫《あいぶ》に反応し、絶え間なく快感の囀《さえず》りを漏らした。

そう、昨夜《ゆうべ》もさんざん可愛がり、服の下の彼の体にはフェレンツの刻印がいくつも残っているはずである。

思い出して幸福に浸っていると、フェレンツを現実に引き戻すレヴィの声が聞こえた。

「前々から不思議だったんだけど、ミハイ、フェレンツのどこがそんなに好きなの？」

どきん。

と音がしそうなほど心臓が跳ねる。

それは自分も疑問に思っていた。自分の美貌《びぼう》は光に群がる虫のごとく貴族の男女を引き寄せたが、ミハイは決してそんなところだけに惹《ひ》かれてくれたのではない……と思いたい。

だが、では自分が他にどれだけ魅力があるかと問われれば、首を傾《かし》げざるを得ない。謙遜ではなく、正当な自己評価である。

「どこ……て言われると……」

口ごもるミハイに、耳が倍くらいの大きさになったのではないかと思うほど、答えを聞き逃すまいと集中した。

レヴィが水を向ける。

「外見？　完璧《かんぺき》だもんね、顔も体も」

「見た目……、も、それはもちろん。あんなにきれいな人は見たことないし。でもそれだけじゃ……」

理由はなんでも、恋人として誇ってもらえるところがあるのはありがたい。

「じゃあベッドでのテクニック？　ぼくも王の関心を買えるようフェレンツにはあれこれ教えてもらったけど、あれはすごかった。すごく勉強になったよ」

この馬鹿！

余計なことを言うな、と奥歯を嚙《か》みしめた。

レヴィがナイチンゲールとして宮廷にやってきた頃、彼はかつて王を虜《とりこ》にしたというフェレンツのうわさを聞いて、その技法を学びたいと自分に教えを乞いに来たのである。

だがそれをミハイに言うな！

「え……、レヴィと……？」

案の定、ミハイは声を曇らせた。

「あ、ううん。抱かれたりはしてないよ。レッスンと褥《しとね》での会話とか、王好みの甘え方とか、そういうの。ぼくはフェレンツの趣味じゃなかったみたい」

そうだ、最後まではしていない。

口頭では伝わりにくいテクニックを教えるのに少しばかり実践はしたが、断じて遊びで体を繋げたりはしていない。

それは純粋に技巧を取り込みたいだけのレヴィも望んではいなかったし、自分も勉強熱心なレヴィに好感を持ったからだ。

そもそも王と違って、自分は子どもに興味はない。それに、向こうから誘われれば断ることはなかったが、自分のナイチンゲール時代を思い出す年齢の子を相手にするのは気が進まなかった。

「そうなんだ……、よかった」

あからさまにホッとするミハイに自分も安堵《あんど》したが、それでももう少し妬《や》いてくれてもいいような、そうでもないような……、と複雑な気持ちになった。

人を疑わないのはミハイの美点である。

頭のいいレヴィもそれをわかっているから言ったのだろうが、ヒヤヒヤする。のちのち知られてミハイがいらぬ誤解をするかもと考えると、むしろ今暴露されておいてよかったかもしれない。

そういうところをさらっと混ぜ込んでくるのは、やはりレヴィの賢さなのだろう。

「びっくりさせちゃったかな、ごめんね。ていうか、首のとこ、シャツからちょっとキスの痕《あと》が見えてる。もう少し首もとを隠せる服を着た方がいいかも」

「え、どこっ？」

「ここ、ほら。ふふ、可愛いな、ミハイ。こんなのでうろたえるの」

「ちょ……、そんなとこ触らないで、くすぐったいよ」

いたずらをされているような声が聞こえて気になってちらりと覗いてみると、レヴィがミハイの薄桃色の耳朶《みみたぶ》にキスをしていた。

美少年同士がじゃれ合っているのは眼福だが、フェレンツ的には嫉妬《しっと》を煽《あお》られる光景である。ミハイに触るなと割って入りたいところではあるが、会話の続きが気になりすぎる。

なんとか自分を抑えて、会話が戻るのを待った。

「ベッド……では、うん……、すごくやさしいし、甘やかしてくれるのも嬉しいし……、気持ちいいなって思うけど……」

「フェレンツなら間違いなく気持ちよくしてくれるもんね。それに、ぼくはまだ経験ないけど、好きな人とするのって幸せなんでしょ」

「うん。そう、それ。抱き合ってると、すごく幸せ。気持ちが甘くなって……、溺《おぼ》れちゃいそうになる」

「いいなぁ」

遠慮なく惚気《のろけ》てくれることに口もとが弛《ゆる》んだ。

可愛い。今夜も思いきり感じさせてやろうと、朝っぱらから不埒《ふらち》なことを思う。

「でも愛を深めるには体を重ねるって適してると思うけど、そもそも好きじゃなきゃ深まりもしないよね。あ、やっぱり体から好きになっちゃうとか？」

「そんなこと……！　絶対ないとは言えないけど……。フェレンツのこと好きだってわかってなかったときは、気持ちいいぶん苦しくなったりもしたよ」

「ミハイは純粋だから。ぼくは王としてるときも、それなりに楽しんでたよ。いつかこいつを殺《や》るんだって思ってたから、逆に興奮しちゃって」

天使の顔に悪辣《あくらつ》そうな笑みを浮かべるレヴィは、控えめに見ても悪魔そのものだ。こいつを敵に回すのだけはやめよう、と心に誓った。

「じゃあどこが好きなの？　そりゃあ、フェレンツは完璧だよ。理想的な体を保つために常に鍛錬を怠らない。どんな話題にも対応できるよう幅広く学んでる。ダンスも一流、セックスも一流。でもそういう上っ面の部分だけをミハイが好きになったわけじゃない気がするんだよね」

すっかり女の子同士の恋の会話と化している気がするが、ミハイの正直な気持ちであればぜひ聞きたい。

ミハイはしばらく考え込んだ。

即答してもらえないことに徐々に不安が湧《わ》き上がる。やっぱり人間、見た目なのか……？

「どこって言われると……、ここってはっきりしたことは言えないんだけど……」

ごくり。

と唾《つば》を飲み込む。

「しいて言うなら、放っておけないところかな。ぼくがいないと壊れちゃいそうで」

一瞬感動したのも束《つか》の間《ま》。

「あー……、ダメな男に惹《ひ》かれるって母性の強い人間の典型だね。やさしい人ってそういうのなかなか見捨てられないから厄介だよ」

レヴィの冷静な発言がさくっと胸に刺さった。

こういう言葉を聞くと、レヴィが年上なのだなと実感する。こんなシーンで実感したくなかったけれども。

「そうなのかな。フェレンツ意外と子どもっぽくて、守ってあげたいとか、可愛いなって思うよ」

「それそれ、そのまんま。ダメだよミハイ、そういうのは気を緩めると引きずり込まれて、二人でどん底まで堕《お》ちることになるから。もし家の人に反対されても、駆け落ちとか絶対やめときな。苦労するのはミハイだよ」

正論すぎてぐうの音も出ない。

反対されて駆け落ちなんて、目に見えるような未来に胸の中に寒風が吹き抜ける。

「言っとくけど、一緒に苦労するなら大丈夫なんて楽観視は禁物だからね。絶対後悔する。二十年近く放浪してたぼくだから、断言できる。お金がないって心が荒《すさ》むよ」

言葉が重い。

幼少時に貧乏だった自分もそれは容易に想像できるからなおさらだ。

「いざとなったらフェレンツが体を売ってでも、とか馬鹿なこと言い出すかもしれないけど、それ最悪の選択だから」

実に言いそうな台詞《せりふ》である。なんだこいつは。預言者か。

「だから、なにか困ったことがあったらぼくを頼ってきて。ミハイのこと大好きだから、力になりたい」

「友達に迷惑をかけるのは……」

すでに困ること前提になっているのが悲しい。

「友達だからだよ。王に友達はいらないなんて寂しいこと言わないでくれるよね？」

こつん、と額同士をぶつけたレヴィに、ミハイは愛らしく頷いた。

「ありがとう。ぼくも大好きだよ、レヴィ」

「嬉しいな。生まれ変わった国で幸せになってね、ミハイ」

二人の間の会話はきれいにまとまったが、自分の心の中は複雑な思いで千々に乱れている。

大事なミハイに苦労をさせるわけにはいかない。

ミハイに捨てられなければいいという甘い考えは捨て、まずはミハイの家族に受け入れてもらえるよう頑張ろうと決意を胸に秘めた。

*

なにを頑張るかといえば、当面自分にはこれしかないのだけれど。

「すごく……、きもちよかったです……」

とろんとした目をしたミハイが、フェレンツの肩に火照った頬をすり寄せ、薔薇色《ばらいろ》の息をつく。快感の余韻でやや舌足らずになっているのが可愛くて、汗ばむ額に口づけを落とした。

嬉しそうに目を細めたミハイも、フェレンツの頬に唇を押し当ててキスを返す。

「好きです、フェレンツ……」

ミハイは行為の最中も言葉を惜しまず、好きと繰り返してくれる。自分もミハイに、きれいだ、愛している、ずっと一緒にいたいと何度も囁《ささや》く。

そしてひとしきり快楽を共有したあとは、いつ終わるともしれない長いキスをする。官能を煽るためではなく、互いに愛しさを伝え合うような、ひたすらに甘くやさしいキス。

ミハイはキスが好きだ。彼が望むなら朝までもしていたい。

今日も口づけが欲しいと目でねだる恋人に、溢《あふ》れそうな想いを唇を通して伝えようと、やわらかな熱を重ね合わせた。

すぐにキスに夢中になるミハイに、唇に触れたまま囁く。

「ミハイ……、わたしのことを家族にどう紹介しようと思っている?」

突然今の状況に関係なさげなことを言われ、ミハイは目を瞬《しばたた》かせた。

実はレヴィとミハイの会話を立ち聞きしてしまってから、ミハイといられなくなったらとずっと不安に苛《さいな》まれている。

「なんですか急に? どう……、と言われると……」

言葉を濁す。

それはそうだ。宮廷で貴族全員の公然とした愛人をしていたなど、まともな人間なら眉《まゆ》を顰《ひそ》めるはずである。しかも息子の恋人としてなどと、到底受け入れられるはずもない。

二人の関係は伏せるにしても、どういう立場だった人間かということくらいは聞かれるだろう。では自分は宮廷で何役だったと名乗ればいいか。

いろいろ考えた末、これしかないと思った。

「仕立て屋、ということにしてくれないか」

「? どうしてですか」

嘘《うそ》をつくことができないミハイに嘘をつかせるわけにはいかない。

貴族たちはそれぞれ仕立て屋を抱えていたが、彼らは主人と針子の他に、衣装をデザインする職人がついていた。客の希望を聞き、それに合った色や素材や形を提案するのだ。

自分は主に婦人たちから意見を求められ、彼女たちはこぞってフェレンツの気を惹けるドレスを仕立てたものである。センスは悪くないと自負している。

だから、これならまるっきり嘘とも言いきれない。

ミハイといるために、自分にできることを考えた。幸いミハイの家は極貧ということもない貴族のようだし、彼の母が友人に自慢できるようなドレスをデザインする自信がある。

「きみの母君はきみに似ているのかな。だとしたら嬉しい。素晴らしいドレスを考えよう」

ミハイは訝《いぶか》しげに眉を寄せる。

「フェレンツ……、まさか、ぼくの母を狙《ねら》っているとか……」

「違う！」

そこまで節操がないと思われているとは心外だ。これまでの行いと言われてしまえばそれまでだが。

「端的に言えば、きみに捨てられたくない。それだけだ」

ミハイは首を傾けてフェレンツの瞳《ひとみ》を覗き、ぱちぱちとまばたきをしたあと、慈母のごときほほ笑みを浮かべた。

「なんでそんなことを思うのかわかりませんけど。ぼくたちは鳥籠《とりかご》から飛び出せたんですよ。

楽しい未来を想像しましょう。ぼくは歌手になりたいです。フェレンツは仕立て屋になりたいんですか？　それも素敵な夢だと思います。愛する人と一緒にいられたら、ぼくもすごく頑張れます」

太陽に照らされたように、全身が温かさで包まれた心地になった。

「……きみは、やっぱりまぶしい。とてもきれいだ」

自分があれこれ考えすぎても、この輝きに惹かれたのだと何度も思い出させてくれる。

ミハイといると、夜の生きものだった自分が日の光の下に導かれていく気がする。

「ぼくは自分の幸せを考えます。フェレンツもあなた自身がどうしたら幸せになれるか考えてください。あなたの幸せはなんですか。あなたはどうしたいですか」

どうしたいかと問われれば、ひとつしかない。

「わたしは……、きみといたい。きみと支え合って暮らしていきたい。頑張るから、ミハイ……。ずっと側にいてくれ」

ミハイはにっこりと笑うと、指先を絡め合わせてきた。

「もちろんです。一緒に幸せになりましょうね」

幸せ、という言葉を口中で呟《つぶや》くと、この先の人生が必ず満たされたものになると素直に信じられた。

ミハイがいてくれたら。

「頑張るから、ミハイ……。ずっと側にいて欲しい」

「もちろんです」

約束の印のようにキスをくれた体を抱きしめ、二人で同じ夢を見るために目を閉じた。

あとがき

このたびは『宮廷愛人』をお手に取ってくださり、ありがとうございました。

何度かプロットを提出しては「ちょっと難しいですね」と却下されてきた話なので、今回書かせていただけてとても嬉しいです。

なにが難しいって、攻めのフェレンツの特殊なキャラクター設定だったのですが！

本文中にもＢＬの攻めとしてあり得ない（？）シーンを入れてしまい、さすがにそれはダメ出しされるかなと覚悟していたのですが、「これが書きたかったんだなというのがわかりました」とそのまま使っていただき、小躍りして喜んだものです。

しかもイラストまで入れてもらったので、思い残すことはございません。

そんなこんなで、いつもながら太っ腹な担当さまのおかげで、こうして形にすることができました。ありがとうございます。

皆さまも、どうぞ読んで確かめてみてくださいませ。「過去に○○てた攻め」という私のニッチな萌えを生暖かく見守っていただけたら嬉しいです。

　笠井あゆみ先生、お忙しい中挿絵をお引き受けくださり、ありがとうございました。以前から先生の大ファンで、イラストレーターさまの希望を聞かれたときに、図々しくもいちばんにお名前を挙げさせていただきました。麗しすぎるキャラクターデザインに加え、丁寧に読んでくださっているとわかる書き込みに感動しました。イラストラフとの落差にあんなに衝撃を受けたことはありません。ますますファンになりました。

　担当さま、本当にいつも自由に書かせてくださってありがとうございます。お言葉の端々に独特のユーモアが滲んでいて、メールをいただくのが楽しみです。担当さまがいらっしゃらなかったら、こんなに楽しんで書くことはできません。ストーリー展開案で「身を投げ出して受けを助ける」を選んでくださった漢気が大好きです。

　そしてこの本を読んでくださった読者さま。こうして続けさせていただけるのも、読者さまのおかげと深く感謝しております。何度お礼を申し上げても足りません。どうかまた別の機会にもお会いできますように。

かわい恋

Twitter：@kawaiko_love

本作品は書き下ろしです

かわい恋先生、笠井あゆみ先生へのお便り、
本作品に関するご意見、ご感想などは
〒101-8405
東京都千代田区三崎町2-18-11
二見書房　シャレード文庫
「宮廷愛人」係まで。

CHARADE BUNKO

宮廷愛人《きゅうていあいじん》

【著者】かわい恋《こ》

【発行所】株式会社二見書房
東京都千代田区三崎町2-18-11
電話　03(3515)2311[営業]
　　　03(3515)2314[編集]
振替　00170-4-2639
【印刷】株式会社 堀内印刷所
【製本】株式会社 村上製本

落丁・乱丁本はお取り替えいたします。
定価は、カバーに表示してあります。

ISBN978-4-576-16127-3

http://charade.futami.co.jp/